窗

Window

赵君扬 著

中国书籍出版社
China Book Press

图书在版编目（CIP）数据

窗 / 赵君扬著 . — 北京：中国书籍出版社，2018.11
ISBN 978-7-5068-7135-8

Ⅰ . ①窗… Ⅱ . ①赵… Ⅲ . ①诗集—中国—当代
②散文集—中国—当代 Ⅳ . ① I217.2

中国版本图书馆 CIP 数据核字（2018）第 267527 号

窗

赵君扬　著

责任编辑	尹　浩	
责任印制	孙马飞　马　芝	
装帧设计	许兴海　李冬莲	
出版发行	中国书籍出版社	
地　　址	北京市丰台区三路居路 97 号（邮编：100073）	
电　　话	（010）52257143（总编室）（010）52257140（发行部）	
电子邮箱	chinabp@vip.sina.com	
经　　销	全国新华书店	
印　　刷	三河市华东印刷有限公司	
开　　本	710 毫米 × 1000 毫米　1/16	
字　　数	200 千字	
印　　张	12.5	
版　　次	2019 年 1 月第 1 版　　2021 年 1 月第 2 次印刷	
书　　号	ISBN 978-7-5068-7135-8	
定　　价	45.00 元	

目录 Contents

序
Preface
文 / 林之云

17 岁，雏鸟新啼。在一声声的鸣啼中，我能感受到春天的讯息，翠绿，新鲜，充满勃勃生机。这本《窗》出自一名今年 17 岁的高中生之手，内有诗歌、散文、剧本，收录了他从 9 岁开始写的部分作品。细细读来，感受颇多。

一个人的成才，尤其是想在文学、编剧上成才，天赋很重要，后天努力和家庭教育也同等重要。据我所知，作者从识字起，每周的文学作品阅读量是四本书，一直持续到现在，从没有间断。作为一名即将高中毕业的学生，能在繁重学业压力下做到这一点，是极其不容易的。同时也可以肯定一点：如果不是对文字的强烈热爱，是达不到如此高阅读量的。

因为职业原因，身边很多人包括大学生，问我：如何才能提高自己的写作水平？这是个宏大的话题，但并不是没有规律可循，首先就是广泛的阅读。在任何时候，阅读都是丰富内心、完善自我的必经之路。从写作上来说，足够多的阅读量永远是要走过的第一步。

我得知，作者的家庭教育在这个过程中发挥了重要作用。现代社会资讯发达且繁杂，很多人沉迷于碎片化阅读，看几篇心灵鸡汤就完成了文化进修，看几集历史剧、文艺片就自称"文人"，这种大环境对很多家庭的子女教育提出一个新课题。3 岁识字，4 岁识字量过千，5 岁通读完小学三年级之前的语文课本……如果没有良好的家庭书香氛围，一定是没有上述结果的。作者的成长经历，希望能给其他家庭的父母，在教育子女上有一

个良好的启示。

阅读《窗》中的诗歌、散文，依稀可见"五四"新文学的痕迹，也能看到部分西方古典文学的影子。限于年龄和阅历，作者多描绘了小学、初中、高中的生活经历和感受，还有部分情感初萌的美好回忆，文字纯净、真实，能品味出内心的一份深沉和思考。两部历史剧本有中国古典的文化审美视角的表露，其他剧本则有写实与理想相结合的追求……这些所构成的作者的文学内涵和素养是值得肯定的。

除了入选这本文集的作品之外，我也看了作者其他一些作品，有古诗、剧本、小说、散文。因此，对作者有了更全面的认识和了解。这些未入选的作品，有的大胆、前卫，语言的生活气息浓厚；有的甚至深入到成年人的内心领域，完全无法想象出自一名17岁的孩子之手，多少有些让我震惊。

不过，在我的建议下，这些我称之为"更大胆的作品"没有纳入这本文集。我认为，如果想要有更广阔的成长空间，就必须规划和完善作者的成长体系，让他在未来的时间里有更多思考和自我沉淀，先暂时不要用正式出版的方式，给予作者更多推崇和鼓励。毕竟，作者只有17岁。

所以，我就想以文学前辈的身份，给这名文学新兵说几句话：

一是不要骄傲，学会放空自己，尽管你的作品在同龄人中有领先优势，潜力很大，但千万要保持清醒头脑，"天才是百分之一的灵感和百分之九十九的汗水"，你要走的路才刚刚开始。

二是不断调整自己，文学这条路有很多岔口，如果不能保持清醒头脑，容易走偏走乱，失去方向。有的人在这条路上走了很久很久，都无法完整地画一个圆，这是因为他们不知道，这个圆上的每一个点都有一个需要不断调整角度的切线。

三是学会感恩，小小年纪就出版作品集，拥有同龄人所较少拥有的荣誉和成果，难免会有些欣喜甚至张狂。同时，巨量而快速的阅读也难免会产生些许"消化不良"。一切都有源头，一切都在继续。所以要感恩父母、师长；感恩生活给予的美好和幸福；感恩未来人生中所有的一切。

四是担负起自己的责任，你未来立志从事的文化工作，是传播人类美好情感和人生正能量的大舞台，肩上的担子未必是利己的，但一定是利人的，是有益于大众的，是有益于社会的。相信你一定能够做到！

17岁，雏鸟新啼。留给作者可以大声欢唱的日子还有很多，这本集子不过是作者前进路上的一个加油站，期盼这名17岁的孩子，能通过这种方式获取新的力量展翅飞翔。这个日子应该不会太远！

———————————————————

（林之云：系著名诗人、作家，博士，文学和新闻学硕士生导师，山东政法学院教授，济南作协副主席）

第一章 诗歌

秋

我慢慢地走着，

冷风抚过我的脸颊，

我悄悄打了一个寒战。

这风实在是太狂烈，

烈得像匹桀骜不驯的野马，

又好似，那天边大海

一道江水，冲向岸边的人群，

呼啦一下横扫一切。

我侧歪过头看着

看着。

远处的树啊，

似乎没有了骨头，

在这狂风下摇晃起来。

突然，我停了下来，

因为无意中似乎瞥见了什么。

我蹲下身去仔细看着它——

在杂草丛生的花坛中，

在两鬓苍苍的枯叶中，

我找到了它。

虽然只是几缕细小的野花，

但在它表面平静的躯壳下，

却隐藏着生生不息的灵魂。

它表面好像蒙了一层霜，

却又好像没有。

哦，在这北风的横扫下，

它幸存下来。

造物主使死亡征服了一切，

但在那小小的角落里啊，

隐藏了一个生命。

或许，自然的规则就是这样，

暴力和武力看似强大，

其实弱不禁风。

仁爱和贤德看似软弱，

但其实坚不可摧。

不过，别忘记这是秋天啊，

很快，大地将被白雪覆盖，

一切的生命都会消亡。

我叹息着，

突然想起，

这一切都只是暂时的，

等到春天，等到迎春花开的时候，

便宣告春天来了，

是的！一切终将有个结局。

写于 2011 年 3 月

冬 (之一)

在北风吹拂下

树叶在空中徐徐飘落

刺骨啊，刺骨啊

我不由低下头

默默地，我看到一只飞鸟

看起来它是那么无力

昔日如光如箭的精灵啊

如今只能随波逐流

我轻轻叹息

突然我又看到它

这个精灵

是不会退缩的

它在寒风中飞翔

它在寒风中舞蹈

我看得如痴如醉

心中无限感慨

这是生与死的较量

去与留的纷争

一场下来

怎是一个畅快淋漓

······

终于，死亡无可奈何败了下来

这个精灵

高声鸣唱着飞了过去

是啊

尘埃里开出的花

是对死亡最有力的嘲笑

写于 2011 年 3 月

5

冬 (之二)

我还是向前走

终点，似乎已经明了

一阵风轻轻吹过来

一片片落叶向我飘来

我仿佛能看到下落的痕迹

我恍惚了

我似乎看到

这冬日的美好

是啊，它虽然冷酷无情

但也是大自然的造梦师

身边摆放着几盆菊花

又让我心生遐想

在盛开着雏菊的地方

总是有着一种莫名的希望

一瞬间

我就感受到了

我抬起头

猛然看到远方

一丝阳光投射下来

照亮前方的路

我依稀看见

一个个细小的微尘

正悬在空中

身边的一切似乎都是梦幻

却都不是梦幻

于是就宽恕了这冬的阴霾

我再次抬起头，

让阳光打在我的脸上

我眯着眼

嘴角不由得勾勒出一个弧度

因为

我感受到

我追随光的步伐

写于 2011 年 3 月

夜 (之一)

我静静坐着

前方是小小的湖泊

我静静坐着

回味着刚才的落日

那落日正好处在一个山凹

我感叹着

太阳

那可敬的太阳

你把光明给了我们

又将黑暗驱赶

啊，再见了

下一个黎明，将是怎么一个情景

那么，我们相约

黎明时

再见

那可是怎样的良辰美景

谁又能想象到?

那是多么美丽的画卷

天黑了

我看到

天黑前最后一丝光亮

像淘气的孩子

一下子

就躲起来,不见了

我望着夜空

我说

在黄昏的地平线上有什么?

朋友

那是落日的惆怅

还有对明天的期望

写于 2011 年 3 月

9

夜 (之二)

夜已深了

此时我，坐着

我的身后是一片黑

我转过身去打开手电

一道光桥射向远处

我的目光望过去，只见坡地

我站起身来走过去

坡地前有几处乱草

我把它们扯开，钻进去

目光所及之处是宁静和芳香

我感叹道

这才是真正的自然

月亮突然从一片云中挣脱出来

没有任何征兆

也没有任何预告

它悄悄地自己来了

这是一幅怎样的场景

月亮驱散了身边的阴影

使得夜空中所有的一切都黯然。

我注视着它

它也注视着我

当然，空中还有星星在闪亮着

一闪一闪的

像极了忽明忽暗的灯光

我不由脱口而出

星空中闪耀着的

是群星的眼泪

在美丽的夜空里

究竟隐藏着什么秘密

也许，这一切

永远都是谜吧

我望着它

它也望着我

我突然拔腿就跑

像是

像是见了猎人的小鹿

我没有回头

因为我不知道

在我的背后

究竟有多少秘密

写于 2011 年 3 月

11

大明湖

我静静坐着

　"夜晚的湖水可真美"

我自语

突然我又想起什么

于是便轻轻吟唱

　"蓝蓝的天空

清清的湖水哎耶

绿绿的草原

这是我的家哎耶"

现在却是夜晚

平静湖面上

折射出光芒

那便是自然之光

湖水静静的，仿佛一块玉

有一道黑影划破玉的一角

扑通，掀起一条水带

刺破夜空的静

没什么，只是一条鱼

很快，这一切，又重归于旧

平静的湖面，仿佛什么也没有

发生过

静静的，静静的

还是静静的

昏黑的，昏黑的

还是昏黑的

写于 2011 年 3 月

　　9岁，人生第一次写诗。我所描述的是心中一个梦幻的世界，我不知道现实世界究竟是什么样子的，我的世界中到底有几分是真实的。只是我希望，用我的笔来描述一个梦幻的世界，也希望能用这种方式，使我的世界变成一个梦幻又真实的世界。

沙丘 ——读三毛的作品有感

系不住沙丘，你的长发

牵来了骆驼

到了江南，撒哈拉的雷鸣再也听不见

你的长发柔软，牵不动梅雨的缠绵

闭上双眼

那串脚印在回忆中

被吹成了化石

唯有一张唱片

翻开那么多往事的页面

幸亏还有哭泣的骆驼

使我们能走进沙漠

我们在你的长发间

寻找被吹成化石的脚印

和那片温暖的沙丘

写于 2014 年 2 月

我们

无论结局如何，大戏已悄然落幕

无论此刻是喜是悲，都请务必坚持

这一路我静静见证你

苦入愁肠潸然泪下

这一路我默默感伤你

仰天长叹夜不能寐

朝朝暮暮你哭你笑你静你躁

不是为了明天的灿烂与荣耀

如今的是非祸福，何必铭记于心

我心依旧笃定，请不必失落

坚信终有一日，我们将共同歌颂

"我曾无意间揭穿了命运的玩笑。"

所以暂时忘记那些执念？拭泪前行吧

以那青春之名

既然承诺了胜利，前进就是归宿

也许有朝一日我们将分道扬镳

但请相信我们会相见并投以微笑

既然岁月静好，就请允许我不说再见

"纵然我们浪迹天涯，

依旧不忘彼此温暖。

乐兮悦兮，是为永恒"

写于 2014 年 5 月

请告诉我

你在雪夜匆匆离去，我在雨夜悄悄到来
泪水告诉我，何处伤心人未老
落红告诉我，何时思乡神已衰
我们如同指针又如同车轮
在远离中接近又在无限中轮回——
可是，请告诉我
生命究竟是一种怎样的存在

写于 2016 年 3 月 4 日

19

梦

我们在雾中

寻找，许下昙花一现的诺言

我们双手相握，下一秒旋即分开

我们在不可知的世界中变成不可知的模样

一天，我们走出迷雾，低头回首，

已然不似记忆中的你

写于 2016 年 11 月 27 日

光明与黑暗

大千世界，茫茫人海

都是光明与黑暗相融的旋律

我怀揣着光明去探寻黑暗

发觉黑暗只是隅谷夸父的拥抱

我曾探求生命存在的维度

印证你不曾存在的必然

垂暮森林的邪灵

你莫非真的是光明天堂的堕落天使

我依稀瞧见明月夜天边的彩虹

从天幕之上抛下一张巨网

在这未知的世界里

我只管默默地遥望

遥望那落幕的前夜

遥望那启幕的前夕

以三十七度的澎湃

只是笑着

在我的耳畔轻语

"你好，我们是六道的双生子。"

写于 2016 年 3 月 8 日

青春散场，愿故人无恙

相见，若人生始于相见
青春羞涩的面庞，喧嚣拥挤的长廊
与那谦逊又凌人的目光——
交织，交织，挤满敏感而又年轻的心房

相伴，若人生盛于相伴
嬉戏欢歌的清塘，携手同行的迷茫
与生命之光自由的飘扬——
升腾，升腾，催促你神妙而又炫目的翱翔

离别，若人生止于离别
背起崭新的行装，满怀岁月的激昂
与那转身后泪眸的深藏——
慨叹，慨叹，放飞你憧憬而又安宁的远航

写于 2017 年 1 月 25 日

承诺

当你厌倦了漂泊，当你畏惧了折磨
请不必哭泣，我将为你歌唱

曾经无悔的承诺，如今不会凋落
抛却失落的悲伤，在我心中你依旧是最棒

击溃你的懦弱，开拓你的宽阔
你若不是看客，失败又算什么

往日已然经过，明日未有下落
在迷茫的天地，现实与梦幻交错

我愿你不曾寂寞，我愿你不曾造作
所有的承诺，都值得你执着
不要等到消失，才声称你只是经过

写于 2017 年 4 月 13 日

烟火

烟火在静默夜空绽放

我在上一秒的无声世界悄然歌唱

习惯了一个人在异地他乡

却忘不了春天深长的芳香

你看那烟火一簇簇盛开

为素颜的苍穹点缀了光彩

你看那迷梦般的光彩

是否想起昨夜璀璨的星海

回忆在时光洪波中溯流而上

回忆击穿了时空最后的屏障

穿越了岁月的尘光

我更加坚定地走向希望

我不期望任何一厢情愿的假设

我更翘首以盼阳光下的征途

生命如夏花般灿烂夺目

即使它依旧逃不出失败的残酷

如果说命运不可违抗

我情愿是一条烟火般的道路
以那光彩夺目的速度
绽放在最美丽的深处
我们不必祈祷什么奇迹
只要一步步迈上光明的前路
即便在宿命的禁区留下一声绝唱
又何尝不是最美的光芒

写于 2017 年 4 月 14 日

济南的泉

❶

水声如鸟儿掠过柳梢

河底的水草，在秋风中肆意招摇

泉畔人家的酒壶，在炉上慢慢熬

酒精抱着池边涟漪

咕咚咕咚冒泡

❷

水雾出走，泉眼清瘦

晨起邻家大嫂早早穿上红棉袄

墙头滴落霜露，窗花还沉睡

就倚门等待泉水豆腐板子

由远及近，怯生生地敲

❸

曾经芙蓉泉边张家大少

每天要喝几泡茉莉花茶

直到现在小院长满荒草

一条光亮的青石板

似隐似现，通向关帝庙

❹

春雨浸透屋檐下的燕巢

天边响起一声声惊雷

呼啦啦所有窗子都打开

此时，护城河不小心

扭了一下腰

❺

月光淹没了我

水面的轻风也被淹没

其实我只在泉边驻足了两秒

告别的时候

石缝跳出的水珠

哗的就扯住了裤角

写于 2017 年

初夏

好友离别，像野地里疯长的金盏菊。

虫鸣，比月亮苏醒得更晚。

无言，风裹着草香

刺痛双眼。河边的笑声

记忆中的炊烟。

那是很久以前的温暖，撕开

衣襟，口袋里的种子正在发芽。

梦中的山楂树在黑夜里闪亮。安详。

尾随而至的敲门声。湿滑的地面

那个消瘦的少年，打开音乐盒

谁家的风铃，耳语。

灯光是他的心跳。一个人的名字

从星光里滴落到眉前。

写于 2017 年

野花

潜入光阴的缝隙间，很久以后
如同久违的老友
占据屋脊之上
泉水一声声地歌唱，或者那是
野草清澈的梦乡

紧紧抓住屋顶的阳光
扎根，积攒力量
像一株松树在悬崖上舒展筋骨
迎风招展的笑声
一次又一次仰望绿色的春天

写于 2017 年 6 月

29

雨花

被妈妈在梦中亲吻了一下
如同夏天跑进漫天盛开的雨花里
心已经飘到山间，风是一只会魔法的手
被抚摸过的人，注定会起飞在平原

炎炎夏日的午后　风已停止歌唱
我想象过天宫的雨伯
书页上的那个神仙，赤足走上云端
把一团团黑云撕开
——让银河的水，全部洒落人间
身着长袍的雨伯，披星戴月
从天边走向天边

雨花绽放，被脸庞反复亲吻的天空
一个来自泉城的少年
丢掉油纸雨伞和沉闷的傍晚
第一次，拥抱到了那充满草叶清香的雨花

写于 2017 年

一本高于年龄的字典

它 1956 年就在我奶奶的手中了。
那时候它很小，
如果我奶奶不爱惜它一点，它已经早早被埋葬。
所幸，它在我奶奶的指间，保养得很好。

1978 年的一场地震，人们住在防震棚，
这本字典被我父亲压在枕头下。
在窝棚里的豆大灯光下，
我父亲把它举到眼前，仔细地看
敬畏它的权威。

2017 年的它，容颜已逝
枯干的扉页，顽强地护卫着汉字的尊严。
四角号码的难度，我无法破解，
但并不妨碍我对它的敬意。
它，是一种神圣的存在。
这是一种高尚的感情。
我每次看到它，

就知道，知识是有长度的，

在历史的深处伸向我，

支撑我的柔软。

写于 2017 年

初夏金盏菊

烛光直抵眼前

小满、芒种、夏至

还很遥远

一抔星辰

洒向天空，思念

无边

胸膛左边，奔跑着

你的脚步

春风沉醉，我却

抱紧思念

初夏的碎片

和无声泪滴

很咸

黑夜拉下窗帘

把我隔离

去年的花朵标本

如今

还没有从我的手中枯萎

离开，把身影投成一株花

我忘记疼痛

和路灯起舞

抬头望见远去的风景

和花开的力量

浸透我的灵魂

你的清香

就是那把

利剑

写于 2017 年

35

谷雨

午后小雨如期而至
姥姥说今天是庄稼的生日
走在故乡原野上
我的身后，我的身前
我的身左，我的身右
我的脚下，我的头顶
全是生长的
声音

雨滴打湿头发
地面湿滑
干脆赤足踏上泥路
我的周围，那些庄稼
竞相追逐我的步伐

快步行走在山坡上
前面是丛林
挡住目光的去向

我驻足观望，想象自己是一只鸟

飞在树梢，飞在雨滴的怀抱

让身体所有细胞

绽放

在林间

有青草、虫鸣、泥巴、蒲公英

一个小洞口拉出一条泥土线

昨夜，是一只春蝉破土的痕迹

我还听到河水声

哗啦啦流过脚下的土地

多么可爱的谷雨季

姥姥说今天是庄稼的生日

我独自走在故乡原野上

在丛林里接受雨的洗礼

远处是一大片庄稼

在雨幕里，它们

向我招手

倾听

来自生命深处的

歌唱

写于 2017 年

迎春花

迎春花举着春天
只有太阳，还在远方

在睡眼蒙眬中，小小的绿色
可听到明天的雷鸣

倔强的沉默的马蹄
在胸口左侧，潜伏
只在黎明送给天空，一声呼唤
笑脸和双眼
还有身体。盛满阳光

阳光是醒着的生命
瞬间
把你打动

腾空、扭转、倾伏，自由呼吸和
奔跑。冲进春天的肋里

谁也阻挡不了
反而
更加迅速

春天把
雷鸣交给
迎春花
击响战鼓
此后天涯，不再孤寂

马蹄踏过迎春花每寸肌肤
阳光流进胸前的
那个洞口。谁的心在一起
跳动

伴随小雨的声音
在地平线汇集
告诉我们
这里，不是空城

写于 2018 年

花败

在阳台
风中，花败
雨中，花败

昨夜香气
今夜残蕊

有时回忆
那些碧绿
都已成为过去

我只能无奈清扫盆土
我的手指泥泞
模糊了眼睛

我抬头看向天空
想象你离去的样子

从没像现在一样
心情沉重
你的来临
花开
你的离去
花败

我在远方的亲人
看过你的盛开
我在天空的亲人
知道你的枯萎

就像我们一生时光
守护着这一次绽放

花开
我们就来
花败
我们就走

你的生命，你的未来
此刻
化为泥土
等待下一次花开

写于 2018 年

第二章 散文

微笑的力量

　　春天，是放风筝的季节。晚上，爸爸说走啊，去泉城广场放风筝。

　　经过了几十次尝试后，我们的雄鹰风筝终于一飞冲天，奔向深蓝色的天幕。

　　我兴奋地仰面眺望，风筝的荧光在夜空中优雅地闪亮着，似乎在向我讲述着天上的风景。它让我心潮起伏，充满对遥远星空的憧憬——那自由自在的风筝正和夜风呢喃细语吧？如果不是这样，风筝轻盈的身姿为何一次次跳跃着？那一排灵动的荧光为何一次次眨着调皮的眼睛？

　　风筝带给我的愉悦并没有持续太长，不久后，风筝上的荧光一股脑儿地全熄灭了。

　　"收线，把它拉下来检查检查。"爸爸喊着。

　　我马上开始收线，但夜空中舞蹈正酣的风筝在风的蛊惑下，奋力挣扎，不肯低头，始终不愿意回到地面。我只好拼命转动摇把，十多分钟后，摇把顶不住压力，"嘎巴"一声折断，随即线轴也四分五裂了。我吓了一跳，两只手都被划破，一屁股摔倒在地上。

　　我抬起头来，风筝仍然高高挂在天上，似乎在嘲笑我的无能。风筝上的荧光偶尔亮一下，在黑夜的衬托下，显得格外孤傲。

　　"起来，没摔着吧？"爸爸向我伸出手。

　　我扒拉开他的手，气恼地嘟囔："都怪你，如果你不喊着收线，不就什么事也不会发生？"

爸爸笑了，低声说："快起来，好多人看你的笑话呐。你在这里看着，我去找找，看能不能找根木棍代替线轴。"他边说边跑向了广场南边。

我爬起来，一个人站在广场上，守着坏掉的线轴。

广场上人来人往，人们都说笑着，我渐渐也受到了感染，忘掉了刚刚猛摔一跤的不快，手上的伤也不疼了。

我想起了爸爸刚才的微笑，在突然受挫的情况下，他还能笑出来，而且向我伸出援助的大手；我也想到了自己的恶劣态度，一遇到事，不考虑解决问题的办法，就知道埋怨别人；我还想到在生活中，爸爸总是带着微笑去处理那些让人头疼的事，不管在单位还是家里，他总能用微笑带给别人快乐，然后把这种快乐悄无声息地传递给更多的人。

"怪不得爸爸的同事和朋友，都愿意和他在一起……"我似乎明白了什么。

很快，爸爸回来了。他找到了一个啤酒瓶，用瓶身代替线轴，一圈圈把风筝线缠在上面。

"你的手破了，在一边休息，看我怎么搞定它。"爸爸说。他一边说一边干，嘴里还哼着歌。

十几分钟后，风筝被救了下来。经过检查，原来是电池盒松动，其中一节电池已经不在原来的位置上。爸爸重新安装电池后，雄鹰风筝又开始闪光了。

"风筝修好了，可惜今晚是没法再放了。真是糟糕，好不容易有机会带儿子玩——儿子，你说咱们怎么办？接下来是看电影还是打电动？"爸爸一边重复着"糟糕"一边哈哈大笑。

所有的不愉快都在爸爸的大笑中烟消云散。我们沿着护城河散步，度过了接下来的美好时光。

走在回家的路上，我也露出了微笑。

爸爸用行动教会我一个道理：遇到困难时，请保持微笑，然后继续投入到无穷的努力中。在微笑的那一时刻里，或许我们就有了非凡的力量，它成

为带领我们走向成功的领路人。

那么，朋友们，面对生活，面对困难，面对一切的不如意，请学会微笑吧。

写于 2012 年 10 月

你和我

你和我，本是一对玩伴。

还记得多年以前吗？那时的天是海蓝色的，天空飘荡着纯净的白云。你和我在树下，追逐，嬉闹……那时的你和我，能这样度过一个下午，无忧无虑。那时的夜晚，你和我也会在繁星下相遇，躺在草地上，仰望星空。

可是，有一天，你不见了。

我永远记得那天，满怀希望去找你，却寻你不见。最初我以为是个玩笑，天真无邪的一个玩笑。但后来我开始慌了，开始担忧了，开始流泪了。那天的繁星不知为何也消失了，我在回家的路上，哭了很久……

我的世界，在那一天改变。

最初的那段日子，我发疯似的找你。在热浪滚滚的夏，在寒风刺骨的冬，都会有我的身影，一个迫切寻找你的小小的身影。在漆黑不见五指的夜里，跌倒又爬起，爬起又跌倒，涕泪横流中仍然努力探索着。

可是，你在哪里，你在哪里？你在哪里！

绝望深潭淹没了我，命运的波涛冲倒了我，我在未知中彷徨着。终于，在那个午夜，我默默将我们的记忆散在那团炽热然后冰凉的火焰中，看着你被那个红魔慢慢吞噬。我只是伫立，晶莹的泪水从眼中流出，化身为溪，那溪水是苦涩的。

我长大了，经过了那个午夜之后。我仍然没有放弃，我只是禁锢了你在

我心底，仅此而已。我带上眼镜，为心灵装上了一道铁门。没有太多人知道我的过去，我也不愿意回忆，阴霾挡住了那条通往"曾经"的路。

我笑了笑，那就展望未来吧。未来在我脚下，就在我的前方，就在我的心中。

但有时，心中还会闪过一丝哀愁。

因为那个世界，已经永远消失不见了。因为你，随着那个世界永远消失不见了。

我多么希望，你和我能再次重逢在那个世界里。

我忘不了那个世界

——童年。

我也会永远记下你的名字

——童真。

写于 2013 年 1 月

难得下雨天

难得有这样的心境，说是自己，不说也是自己，静静望着窗外的雨，任凭轻风拂扫到窗帘，一股清凉飘临窗台。

难得有这样的朋友，矜持也罢，城府也罢，自自然然地坐着，便如耐住了雨天寂寞的鸟儿，偶尔的鸣叫里含着雨的冷暖。

我说不出。只好用沉默提问，等街面上朦胧的人影散满每个角落，我说才知道，那倚在桌边的是梦的伞。

朋友其实也说不出。用沉默回答，等远处摇曳了淡红的灯光，你说才知道，那盛开又凋落的是雨的花。

沉默中，我们对话。

美丽的梦一脱口，犹如瓷器一失手，立刻成为不可收拾的碎片。美丽的碎片不要再去粘合，伤心的弥补有时越补越伤心。不妨做个智者，须知美丽的错误和错误的美丽，同样值得珍惜。那么，选择什么？是碎片？不，此时不妨做个愚者，望向窗外，不欢乐，不忧伤，以自己的所爱为爱，虽然不再是美丽的。珍惜自己的所爱，虽然不一定属于自己。如淅沥的雨滴，满目的晶莹，悄悄飞入室内，用手拂去，没有什么惆怅。

你好，一位与我同样的朋友。

也许梦也罢，不梦也罢，难得有这样的雨天，让我们相互真挚地静坐。用沉默对话。

人，摔倒过再站起来，心里的琴弦难免会有些僵硬，弹出的曲调不如以前。因此，解脱也罢，不解脱也罢，胜是自己，败也是自己。又何不吹一声口哨，随手翻开一本惠特曼的诗集，读也罢，不读也罢，总之快乐是自己，忧愁也是自己。

选择什么都是遗憾。即使你有一千个理由逃避，也应当有一千零一个理由正视。所以，这就是生活。

难得有这样的心境，和朋友静坐。

直到天黑无语。

写于 2013 年 5 月

诗人的玩笑

雪徐徐而落，将淡灰色的天空洗刷得一尘不染。

冬的诗人来了！看呀，他要创作！快看呀，他把那写满浪漫纯洁诗篇的作品分发下来了！

你啊你，知不知道我们等你好久。

还记得前几天吗？窗外灰蒙蒙的空中不见一丝云彩，细小的尘霾正独裁着这片土地。人们渴望着、渴望着，渴望什么时候皑皑白雪能够彻底清扫出一片纯净的土地，还有一片晴朗的天空。

可惜一切都只能是想想而已……

冬的诗人啊，你知道我们那时有多遗憾吗？你想啊，冬天的济南若是没有你的褒扬，她的美丽还能剩下多少？不过就算这样，我们也始终相信你一定会来。你怎肯错过这山水的韵味呢？嗨！你这位伙计，是不是睡过头了，还沉浸在自己的梦乡里？

天气预报说你前天会来，盼了一天，你依旧没有造访，一切如故。你难道没有听到，这个城市在盼望着你的到来？这是一座城市最真实的呼唤！看看那些山吧，都渴望在你的抚摸下，温情地把这个城市拥入怀中！

昨天，你还是没有来。冬的诗人呐，你明白那种心情吗？那是伤感，是失望！因为你食言了，你违约了！这样的等待让我们痛苦，让我们想象你到来时的模样……你倒好，我们在这里牵肠挂肚，你却连个招呼都不打一声。

好一个顽皮的玩笑啊！一迟到就是两天。

今天，你终于来了！带着春的优雅，带着夏的浪漫，带着秋的收获，带着冬的朴实，你终于来了！走吧，跟我们去看看济南，去看看那砖那瓦，去看看那亭那阁。对了，还有你最中意的泉，那流淌不息的泉！看吧，清澈的泉水，一面默默浇灌这方土地，一面冲刷掉人心的忙乱与嘈杂，就像千百年来一直所做的那样。你看到了吗？写吧！把这一切都写下来，好化作永恒的珍藏呀。

你看那为你而挺直腰板的千佛山，那为你而含情脉脉的大明湖，你可想到了什么？

不要吝啬啊，冬的诗人！这里的美妙尽你享用，尽管奋笔疾书吧。

这是诗人的沃土，这是梦幻的乐园。

写于 2014 年 2 月 15 日

初春

　　新年的伊始历来是春与冬的交锋。

　　虽说冬是内敛的,是一潭死水般的沉默,可万物又怎能经受起这份霸道?于是你就看吧,江川河湖便挥手掩上了一层冰的面纱;水珠波涛便轻合上了双眼,陶醉于梦乡;冰雪苍霜主动攀上民居的房檐,成了别具特色的挂饰……造物主就是如此神妙,仿佛那夏的暴烈与春的颓唐仅仅是昨夜酣梦中的虚妄。

　　冬也是梦醒前的黎明。不信的话,那就请静候三两个月吧:碧空如洗的三月,尽管冬的遗孀还在奋力履行着寒冷的遗言,但春回大地万物复苏已是不折不扣的现实。于是那娇草嫩花呀,都纷纷探出新生的小脑袋,东瞧瞧、西瞅瞅,竞相为大地贡献些许春色。这可要感谢冬日把它仅有的温暖,全给予了冰凉却潜藏着生命力的摇篮——那厚厚的积雪棉被。

　　此刻,让我们再偷窥一眼这冬和春用心交织的奇迹吧。

　　草萌发着,水涌动着,寄托着来自去年今日的温暖祝福;飞羽游鳞正把积蓄了几个月的寒冷与僵滞,驱逐出自己的五脏六腑,全身心投入那属于春的狂欢。而整个冬的旧衣,也就是那银白色的长衫,对于枝丫藤蔓来说显然已经过时,所以就不难理解为什么放眼望去,映入眼帘的村野幕布都是铺天盖地的绿色。所有苏醒过来的生命都在一片喧腾中肆意闹着呢。

　　仰望晴天,又不由得为那些熬过漫长冬日的生灵感到欣喜。因为它们在一轮生命的低谷后,又将迎来生命中新的高峰。

人，不也是如此吗？

人生漫长又短暂，犹如一列有着无数起点与终点，以不可预知的时光丈量沿途风景的机车。谁也不能预料自己的轨迹，或是预言明天将是怎样的光景。在这些或好或坏的光景中，可能有无数次寒冬，有的砭骨而冷酷，有的只是些低温与凉风罢了。如何面对这一切，成了至关重要的抉择：是勇敢面对，还是畏缩不前？

当然是无畏前行。

生命并不是荡气回肠的神话，也不是灿烂的童话，甚至不是妇孺皆知的佳话。谁叫我们的一切努力，只是不让我们那些卑微的故事堕落为茶余饭后的笑话呢？地狱到天堂向来都是长途跋涉，天堂到地狱却从来只是一步之遥。

眼前的困苦与生活的低谷，也许被我们看成不可逾越的障碍，可在我们度过低谷之后，抬头眺望远方，前方一定是个圆满的高峰。

成功并不是一个完美无缺的过程，它更需要一个美满的结局。

既然许诺了生命以奋力前行，又何故抛却昔日的执着？

这便是一个无名的春天所叮咛嘱咐的全部。

写于 2016 年 2 月 15 日

呼唤

又一个雾霾天。

他僵在窗前良久，慢慢体会着美好希望分崩离析的声音。

他，这死气沉沉的铁板，就直直僵在窗前良久。时间倾其所能，费了九牛二虎之力把他雕琢成雕塑，才让这块坚固的金属弯曲成人形。他叹着气，嘴唇抽动起来。苍白的嘴角绽开，紧接着一声呼喊脱口而出，就从他咽喉的最深处——只为那日思夜想的久违蓝天。

公交车上的他依然不死心，希望能透过这遮天蔽日的阴霾望见那福玻斯的俊俏面庞，可他失败了。在办公室的窗口前，他心中依旧盼望太阳神将不期而至，可又让他失望了。在下班的人海中，在满目的口罩前，他厌恶着阴霾的封锁，渴望着窥见被落日染红的万里浮云，可他终归还是只能低着头，在痛苦中迈向绝望。

他只是个小人物，无法作出什么非凡的贡献；他只有一颗虔诚的心，在他瘦弱的胸腔中有力跳动，为他的全身输送笃信光明必胜的决心。但他依旧会热切呐喊，衷心呼唤，即便在睡梦中也会轻语蓝天的到来，而这只有清风才得以听见。这是他掺杂着愤怒与力量，最为神圣的呼唤。

家的温暖让他稍稍平静了些，但他不经意间瞧见枯枝败叶，再次扰乱了他的心绪。他轻柔地捧起花盆，默默注视着垂下头的枯枝败叶，心中的一团火焰就这样烧了起来。他握紧花盆，默默向阴霾宣战。他发誓要让那原本只

存在于噩梦中的阴霾消散，让那属于生命的亮色重返人间！

哪怕他作不出什么非凡的贡献。哪怕此刻的日落与阴霾的喧嚣相得益彰。

深夜他在梦乡中游历。对美妙晴空的向往是他有力的翅膀，使他能飞越阴霾的荆丛奔向那蓝天白云的怀抱。突然间他看到了，他看到了那梦想中的桃花源。那是片宁静祥和的天地，是大自然的丝绸山水画，也是这座城市原有的面貌。

他轻唤着它的名字，在微笑中呢喃。

在行将日出的黎明前，久违的红色悄悄地爬上天幕，它也在微笑。

是的，那呼唤，它听得见。

写于 2016 年 4 月 5 日

晴天

午后。

小雨淅沥的午后。

雨滴洒落在窗帘的褶皱中，时钟转动，雨光的遗痕折射到墙上；斑驳的白墙上，中考倒计时的页码将终结于炎热的六月；教室死寂，满屋人神情庄重，似乎是在召唤，又像是在说——

我又神游天外了。嘿，是我啊！

玩笑归玩笑，可是在那泰山压顶般的重荷之下，谁又能保证内心绝对宁静？即使那个完结我们初中生涯的钟声，已经被大家怨恨了无数次，但谁又能阻挡它的奏响呢？

所以还是重新回到眼前打开的书本上来吧。不知为何，现在再去翻动挥发着书香油墨味的书页，就像是在时间长河中，一页页回味那些过往云烟。假使岁月是一首歌，我们就是那奔波的歌者；假使岁月是一条路，我们就是那引吭高歌的行者。

可惜现在不是大发诗兴的时候。讲台黑板前正襟危坐的，是与你一样奋斗至子夜仍未曾合眼的老师；在你身边坐着的，是正奋笔疾书的那个他和那个她。这样的节奏属于我们，是属于奋斗的我们，是属于迎接明天阳光的我们。人人都正奔向开往理想高中的班车，已无人还记得享受初三的暖风。

如果想劝慰自己，那就抬头看一眼窗外吧。泥泞已变成了潮湿，雨滴已

告别午后。对，好极了。正如雨后的初阳，脱胎于点滴雨珠，我们若欲享受黎明的日出，也就必先接受傍晚的日落；没有光明前的黑暗，我们也无权迎接阳光的灿烂；我们可以不揭示万物与自然的奥秘，但也别忘了我们就是它们中的一员。

人在，心在；心在，无论何时何地，必然晴空万里。

我笑笑，又觉得有些许不妥。

毕竟，我还没向淅沥的小雨告别呢。它还在窗帘的褶皱中，一点一点滴下来。

写于 2016 年 6 月 12 日

流浪者

如今我们已然分别，在告别彼此后，独自前行。但在那些夜深人静的夜里，我还会时常惦记，惦记着那些曾与我共处三年初中时光的他们，还有那些昨日的往事。他们还好吗？可曾回想起我们曾经的过往？可曾回忆起我的存在？可曾在回忆中渐渐模糊了眼眶？

不知道，我们都一无所知。

未来我们会变成什么样呢？

我不愿想象，我不敢想象。

那便去散散心吧。我于是走出门，却在无意中瞥见了他。

他似乎是时尚与现代的弃子。破旧的皮夹克显然来自多年前好心人的施舍。经历了数轮岁月的洗礼，似乎成了故去时光的忠诚见证者；不合群的长裤与那夹克一同昭示了什么是他的夏装——就是那挽起的裤脚和衣袖吧？鞋子就更不必多说什么了，一双风里来雨里去的胶鞋，鞋面与鞋底藕断丝连，仅能勉强维护鞋的尊容。没错，这就是他那既沧桑又富有时代感的装扮，这身装扮在滚滚人流中所引起的侧目可见一斑。

不过更引人关注的还是他本身。蓬乱的长发像是美杜莎头顶着的群蛇，在风中肆意扭曲着柔软的腰肢。被风霜所雕琢的面庞巧妙掩饰住了悲苦与凄凉，但那道道时光的刻痕，还是在他的额头上将他作为流浪者的内心出卖得一览无余。略显佝偻的身躯介于有力与无力之间，又恰好是他年龄更替的体

现：他在壮年与老年之间徘徊。无疑，这交给了掌管众生旦夕祸福的命运之神一个难解的谜题。

这是我要的答案吗？

我将这个念头扼杀在它刚刚出生的温床。

不，这决计不可能。

但他当年也是这么认为的吗？

于是我便试图猜想起他的过去。或许他曾经辉煌过，只是因为现实的捉弄而落魄至此；或许他曾经努力过，但现实的滚滚洪流将他的梦想无情卷到九霄云外；又或许他一直是这样，在这样一种环境下苟活至今，无欲无求。

但有一点是明晰的，他也有过一场似水的青春年华。

世事可真是反复无常啊。我依稀听到他低声叹息。

那是流浪者的叹息。

写于 2016 年 10 月 12 日

青铜的骑士

花谢来年犹在，破镜三世难圆。

皇村学校教给诗人的是青春烈焰，于是《自由颂》从此飞进了千家万户；宫廷教给诗人是封建的独断，于是《致西伯利亚的囚徒》从此温暖冰天雪地。

他也许幻想过自己就是圣彼得堡的叶甫盖尼，又或是那 1770 年的普加乔夫，因为他自认为是顶天立地的英雄。即使他的生活陷入困顿，他依旧能凭借他的才华撑起家中最后的顶梁柱；即使他最终倒地死去，也光明磊落，伟岸如他笔下的那位诗人。

可谁又知道我们的诗人也会如此多愁善感?

路边的野花萌芽于春季。春回大地，万物生长，他们的爱恋在顷刻间被点燃，而现在他们不得已让它飞扬在告别的前夜。他们相拥得越紧，它就越努力在胸口刻下离别的烙印。他的手拂过她的眼，轻采下那点儿微微咸涩的晶莹泪珠。

她就这样成他最美好的记忆，直至今日。在此刻泛黄的灯光中他又重新掀开泛黄书页，追寻起深藏于泛黄回忆中的那些甜蜜。夜幕中的秋风邀秋叶同舞，在迷离的黑色中摇摆。他看了看，又笑了笑，将手中的书束之高阁，只留下那年的枯叶。

时光的脚步永不停歇。它只是自顾自地走过人世的每一天。走过大人物们的岁月，也走过不足挂齿的小人物们一生中的那些日子。

这里曾经有两个人，但如今只有一个人还记着。

突然间他开始好奇，好奇这席卷的秋风何时会卷走他手中的纪念。

稀树古巷，风挟群英，这可不仅仅是无名野花的葬礼。

于是，他告别过去，骑上那匹青铜战马。今夜入梦的，全是泪水。

写于 2017 年 9 月

初雪

如何打破这静呢？她似乎正沉浸在这静里……

虽然雪色很亮，但也只能瞧见她蒙眬的眼睛。就这样坐下去吗？初雪如一层细白粉末，覆满了长椅的另外部分。雪落着，她似乎颤了一下，或许她也想离开这里。

"嗨"，他就说，"嗨，走么？"说完就马上后悔了，或许叫她"嗨"有些不礼貌。终不好再讲，只好静听下去。

"很好"，她微笑一下，露出两颗小虎牙来，又说"再坐一下吧"。

他就想起很遥远的事情来，又想不起自己在这些事情中占有的位置。索性不想，就慢慢咀嚼她所说的话来，觉得那声韵如同牙口极好的人嚼脆萝卜。突然那对小虎牙又闪了一下，他就侧了一下身子，悄悄望向她的侧影，目光就柔柔地摄下一副玲珑的曲线。蓦地心里一阵紧张，呼吸也紧促了，马上端坐，又偷瞧了一眼。她仍稍低着头，看着雪在脚边一瓣一瓣地碎。

雪光默默地坠下，在素白地面一纵身，就滑向了夜的深处。几枝枯黄的树杈，也就疏疏地飘动几下，随后枕着淡淡透来的灯光睡去了。说些什么呢？说这夜很静，有点儿像自己的性格？或者说这雪的可爱？但立时又觉得很矫情，最终好不无奈地"嘘"了一声。竟见一团灯影晃着，很近，仿佛就在她的睫毛上，可消散得也快，眨眼间又弱了下去。

久远的记忆，似乎在这一瞬间复活了。便想起那个夜晚，他把一封信折

成燕尾，放在枕头的下面。在梦里，他看到来来往往的蝴蝶，托着那封信翩翩而舞，记忆中的全部温馨就这样被占满了。他知道，那信上只有她的名字，于是欢快地笑一笑。

明天还会有雪吗？她喜欢这雪，这静，和他的心中感受何其相同——这个冬天，夜夜都有雪吗？就这么静静相伴的坐着。林子、长椅、星光、雪花，该夜夜都如此恬淡和空寂。而且随她的性子，看雪花一瓣一瓣地碎，只是淡淡地笑一笑。于是，又想起春天的时候，她又会怎么样。

如同等待了很久有些焦虑一样，她抬起头来极小心地向着他看，几缕黑发无意间掠过他的脸颊。"嗨"，她说。

他又心跳得厉害，"嗨"，他也说。

远处有一支流行的曲调传来，在林间水溪穿行。那是个有雅兴的人，在林子的另一端吹响的曲子。

风停了，雪也停了。只有曲调在奏鸣，打破了这里的静。

这静，连同树杈间坠下的星空，在曲调的拨动下，纷纷落满了水面，"吧嗒"一声，有人把一粒石子踢落入水。

什么也没有说。她静静地站起来，缓缓地说："雪，停了。"

他附和着："雪，停了。"

眨眨眼，她说："天气预报说，明天还有雪。"

他说："还会有的。"

"那么，我们还来看雪吧。"她说。

他说："一定。"

林子那端的曲子也停了。这里又恢复了静。

突然，更大的曲调传来，那是一首无词的歌曲："啦呀啦，啦呀啦……"她和他也低声唱："啦呀啦，啦呀啦……"

终于，喊了一句

——初雪，好美！

写于 2017 年 11 月

窗外

我看着窗外的他，心底里感到有些隔阂。

他个子不高，戴着眼镜，是我从小的玩伴，或者说是最好的发小。他爱好文娱军体，为人外强内刚。听说当年按日子来算的话，他应该比我大，然而我熬不住了，赶在龙抬头的好日子就呱呱坠地了，这才让我们之间横亘了时间为五天的鸿沟。

小学我们是同班同学。他喜欢数学，我偏好语文，我们的转身也由此开始。小学的时候，我们都算是有头有脸的人物，都在各自的圈子里活跃着。只不过他自始至终都是个完美先生，我却常以滑稽捧腹的小丑形象示人。他要强好胜，每次比较身高的时候，脸上总是不服输的神情，也就是这样的性格才让他在被批评后，总会在第一时间反击，就像他因腹泻在花坛里就地解决时，被大妈说了几句立刻大声为自己辩护一样。那天他先是指责大妈无情刻薄，继而通过平时上学放学的观察所得，说大妈养的宠物狗随地便溺行为更严重，最终得出结论认为，大妈对环境污染的频率是自己的三十多倍。整个论断过程可谓行云流水，真不像出自于四年级小学生的长篇大论。当然颇为可惜的是，所有的推论都是他对我一个人在私下里说的。

我像是站在楼下表演着滑稽戏。

他则站在一楼的家中，我们就站在窗子两侧。

楼下的人仰望楼上的人，这就是我们小学那六年。

后来我按片区规划上了附近初中，他则远走他乡，去了远离市区的一所学校。尽管见面次数少了，但在空闲时间里，我们还是经常见面。我了解到他依旧那么神气，那么高不可攀，我则在迷茫和放纵中收敛了大部分光彩。因而，那比较身高的仪式虽还在延续，其隐喻却与往日大不相同。过去，我们还热衷于收集一些现在看来很小儿科的玩意儿，竟相为其中一些稀罕的物件相互攀比、炫耀。有那么一次，我有幸找到了几件，便颇为兴奋地向他展示，我们就这么挥霍掉一整个下午。然而当他走在回家路上，我在收拾那些物件的时候，却发觉几件小东西不知所踪了。我望着他渐行渐远的背影，真很想冲上去问他个究竟。但我最终还是任由他离去，任由他欢天喜地，任由我黯然神伤。

我像是坐在电视机前收看直播，他则坐在宇宙飞船里。

其实，我们就坐在窗子两侧。

窗前的人俯视窗外的人，这就是我们初中那三年。

再后来他如愿考上市区里最好的高中，我凭着小聪明和运气搭上一辆没落高中的末班车。我们的学校相隔不远，可我们在学业与自我成长的双重压力下分道扬镳了。他选择理智，我崇尚情感，我们在各自的道路上迈步前行，只有走累的时候才会注意到身旁的风景。他虽执着于梦想但又顾虑重重，我反倒在孤注一掷里不屈不挠。就这样，我们居然还保住了摇摇晃晃的默契，只是刻有身高画线的砖墙早已不知去向。我们还会通电话，想要择日同游故地。

但是，最终就连这样的重逢我们都不再珍视了。那天我一口回绝，他在电话那头立即沉默了。不同于往常的是，在我礼貌性道"再见"后他没有顺口回应这两个字，反倒是回忆起我们的旧日时光。我随意接上几句，他马上兴致大发，回忆如潮水般袭击了我的耐心。

我终究还是不耐烦了，回以沉默。于是同样许久没有声音的听筒里，传来一声咆哮，霎时终结一切，还让那一侧的挂断声显得分外刺耳。

我像是站在毛玻璃的面前。

他则站在我对面，我们就站在窗子两侧。

窗前的两个人都看不到窗玻璃，这就是我们高中这两年。

他个子不高，戴着眼镜，是我从小的玩伴，或者说是最好的发小。爱好文娱军体，为人外强内刚。大人们总是说我们从前是最好的搭档，还说我们将来也一定是最亲近的朋友，因为我们只相差五天。

可我总觉得我们一直站在窗子的两侧。

对于我们而言，不都是站在窗外吗?

确实，我看着窗前的他，感到了有些隔阂。

写于 2018 年 8 月 9 日

初秋

　　初秋的温度如同坐了过山车，一场秋雨一场寒，三场秋雨知寒暖。岁月的时针，整日被浸泡在秋雨中，缠绵不断，连墙角的那把扫帚都泛出了霉意。"不觉初秋夜渐长，清风习习重凄凉。炎炎暑退茅斋静，阶下丛莎有露光。"这样的季节最适合读这样的句子。其实，若在往年的初秋，邻家院子里的彼岸花已准备绽放，黄色的花骨朵正含着一缕暗香袭来。

　　只是去年的冬天，邻家的老人在一个夜深人静的时刻突然离世，那满院的彼岸花已不见踪影。我倏然之间想念的彼岸花，是否也能如我想念它一样地想念我？我不知道它们都去了哪里，只在迷蒙的雨丝中，嗅到若隐若现的暗香。这是否证明那些可爱的花儿已驻留在我的心里？就如同走散多年未曾谋面的朋友，见与不见，都在那里。情感不会因为时间的长短而有任何变化，这才是真情感。我们相隔的只是空间。

　　时光荏苒，一切都在转瞬中变换。在初秋的回眸中，夏天只有一点余音残留在泛黄的枝头，清风吹来，如一双寒凉的大手抚过面颊。赏那落叶遍地，听那雨打窗帘，不由得感叹月华无限，对流逝的时光产生深深眷恋，便如同在这个似水流年，想念邻家往年如期出现的彼岸花，暗香默默萦绕在心田，久久不散。此时，才知道时光一刻未停地轮转，我早已不再是过去那个少年。回望昨天，满桌的书卷已然不见，虽然放下了笔砚，对于未来的期许，还是有很多的奢念。哪里还有什么少年强说愁滋味的习惯，阳光下放飞心情，就

似那年第一次在广场放飞风筝，信心满满，才应该是这个年龄应该有的强大信念。一直以为读书和修善，才是成长历程中最大的追求，如今看来，恰如我的判断。

说来无言，直到今年才有了只争朝夕的恐慌，整个高中的两年，我更多沉浸在内心的纠缠，把心思更多放了学习之外。尽管凭着几分小聪明，学业上并不是太过荒芜，但每次考试都留有太多的遗憾。此刻，我才明白时光不等人，该来的总要来临，再过不了多少天，我就要上考场与过去的自己一较高下。谈不上信心满满，不是说机会总是留给有心人吗？所以，我要感谢我的父母和岁月赐给我的那份自信。就算从现在开始做准备，也不会太晚。理想、未来、阳光……这些词句我早已印在心上。此时，我还应该感谢老师，如果没有他们对我的期待，我也不会坚定信念，收拾过往的凌乱，打开书页，把所有的幻想丢掉，踏上属于我自己的起跑线。怀揣一份真诚，高举一份信念，相信没有什么可以阻挡前进的力量。也许，生活并不能总是如你所愿，那就顺其自然，生活对我不离不弃，我哪有自我放弃的理由？

心中时常怀着感恩，这便是当下的我。同学三年，即将各奔东西，我的一个最好的同学举家搬去外地，临走前跟我说，为了高考，全家人都拼了，买房子，找关系，终于把户口落到一个高考分数极低的省份。看着对方欣喜却有些无奈的神态，我只能伸出双手和他的双手握在一起，除了"祝你好运"之外，我只能说一句：认识你真好！而对方只是一声长叹，随即笑着对我说：认识你真好！是啊，分离是这个季节的主题，哪怕再不舍，也只能把一切交给命运做个了结。

晚上在回家的路上，看到一个醉酒的男子，坐在广场台阶上，身边倒着一辆自行车，没有太多的人关注他，只是有个清洁工给他的身上搭上了一件雨衣。突然，男子号啕大哭，那一时刻我感受到了他的痛苦，走过他的身边时，有个老人悄悄说："唉！命苦啊，父亲刚刚去世，又丢了工作，一家老少等着养活……"我不知道这个男子内心还能承受多少。转念一想，这个世界上对于所有人而言，除了生和死，其他都是小事。在现实中我们没有放弃的理由，只有坚持的理由，哪怕很难很难。

这样的初秋，总该寻些诗句给予自己。秋雨正打在窗台上，夜色扇动翅膀正一点点降临在我的身旁，站在阳台的边缘，感受那穿过梧桐树的秋风带来的清凉，脑中自然想起"天阶夜色凉如水，坐看牵牛织女星"的诗句。不过，"箫鼓鸣兮发棹歌，欢乐极兮哀情多。少壮几时兮奈老何"，趁着青春年少，还是要早日放歌飞翔，想象着明天雨过初霁的秋阳，想象着秋菊"宁可枝头抱香死，何曾吹落北风中"的精神，我的浑身充满了力量，珍惜现在的每一天、每一秒吧。明年的今日再见秋雨，我身在何处？能否给予自己一个满意的答案？是的！心怀对收获的不满，才会有秋阳下的收获。我笑了笑，转身回到屋里，任凭窗外的雨声缠绵。

写于 2018 年秋

第三章 小说

小朱长官

日子固然一去不复返，然而有些人也是如此。

尽管早就断了联系，我还是会时不时地想起他，想起我们曾经的童年时光。印象中，他小我三四岁，姓朱，个子也不高，脸上总挂着笑，喜欢跟在我屁股后面东瞅瞅、西看看的。他就是喜欢这么笑着、看着，神色里充满了阿 Q 般的天真。

至于为什么说他像阿 Q，大概最重要的是他的心态吧。还记得有那么一回我弄丢了他的一件玩具，他却也不多说什么，只是站在那里"嘿嘿"傻笑，还一个劲地说些不痛不痒的闲话。本来我是决不想做什么补偿，然而他这一不在乎却搞得我很难堪，只得破天荒地送了他一件礼物了事。这好小子！

说来实在惭愧。尽管他和我一块玩了三四年，他也一直把我当成这么个人物，可那回是我第一次，也是最后一次给他买礼物，甚至说向他表达些许善意。他呢，一有什么新奇的东西就绝对会在第一时间跑来找我，从来不在乎我对他的这件宝贝是夸还是贬。他就这么傻这么耿直，傻得这么可爱，也耿直得这么可爱。

后来不知是什么缘故，他从家里出来的次数明显少了许多。其实现在想想原因倒也不难找：这事儿大概和他妈脱不了干系。他妈妈每天早晨都会蹬着车出门，到了晚上再回来，这之间的时间就是我们这两个半大孩子在楼底下瞎逛荡的最佳时机。不同于我，他妈每次都会跟他约定时间。然而一旦玩儿过了头，晚回家半小时乃至一个钟头的事儿可都会是再正常不过的了。即便如此，我们依旧玩得不亦乐乎，所以结果就是几乎每天都能听到传自后楼的呵斥与哭泣声，那是他的代价。

再后来我们都长大了一些，都来到了一个尴尬的年龄——他七岁，我不到十岁。出于如出一辙的境况，我们有了一种同命相怜的感觉。上房顶翻园子，还有他最爱的爬树，一时间都成了我们日常的冒险。只有我们才知道野无花果夏日的清香，也只有我们才知道深巷幽径冬日的泥泞。我们是披荆斩棘的远行者；我们是乘风破浪的冒险家；我们，就是自己的世界之王！

如果说这些都还只是细节，那么关于那辆军车的故事可就真值得一说了。某天早上，我们就像往常那样在楼下游荡，看见了一辆之前从来没见过的吉普车。那车整车都涂着棕黄色的迷彩，连后斗里都有迷彩布棚盖着。我急忙叫住他，把他拉到车前，指着那气质与气势都非同寻常的车身评论了起来，因为它的威严实在让我们感到难以置信。

他一面看着我一面看着车，突然就冲了过去，还用左脚踏住车门处的踏板。我还没反应过来他就用右手抓住车斗的挡板，左脚一蹬右脚又踩上轮子这么一借力，就轻巧飞快地把自己砸进了车斗。我见状也不甘示弱，依着他的法子翻了进去。随后，我一声令下，他就成了勤务兵，我就成了长官，我们就成了以这么一辆吉普车做据点的孤胆战士。他趴在车顶瞭望，我则躺在车斗里指挥，昔日的世界之王想不到竟沦落到亲战沙场的地步，真是让人唏嘘啊！下午的时候，我看他有些坚持不住，便把他叫下来，和他谈论起路过的各色行人了。就这样又过了一下午，直到他惊觉又要挨骂了，我们才分手作别。这就是我们的第一天。

这样的重复在接下来的大半年里循环，也成就了我们的故事中最精彩的一章。直到现在，每当我回忆起那两个小家伙躲在车上窃窃私语还不时探出头去张望的时候，总是会在一瞬间百感交集。

因为我们的故事也是在这里写下了句点。

那天好像是个艳阳天。我和他照例来到车前。又一次翻身上车，又一次嬉笑怒骂。可到了下午在我们行将告别的时候，他却提出互换身份，而且一

改往日的顺从变得极为坚决。那时候我哪里肯呢？于是我骗他转身，趁机在他身后猛推了一把。我只是想排解自己心胸中的怒气，但哪知他根本没站稳，受了这么一推，竟毫无防备地摔了下去。

我急忙跳下车抱起已经晕过去的他。我一边摇着他，一边呆呆地盯着他头上的伤口。血流得出奇地快，一下子就覆盖了他右脸从额角到颊边的全部皮肤。蓦地他睁开眼，竟还是那样笑着看着我，神色依旧。

自打出了这件事儿后，我们就再没见过。半个月后那辆车不见了，一个月后他也音信全无了。自从那时起，我便希望能再见他一面，当着面说出"对不起"那三个字。

直到后来，我才知道那是他搬走前的最后一天。他搬家了！

有哪个小孩子没有想过要成为英雄呢？

也是直到那时，迟到的泪水才夺眶而出。

现在他大概是上初三了，说不定此刻也正盯着一轮圆月，心中暗自许下什么宏伟的远大理想呢。对了，他带着一道疤痕的脸上也一定是带着笑的。

小朱长官，还记得那日未竟的任务吗？

写于 2018 年 8 月 8 日

第三十一颗子弹

当绿十字的中心再次对准男人的后心时，他又一次停住了。

每当陷入困境的时候，枪托上的那三十道浅浅的刻痕总是能让他平静下来并做出选择。说起来那些老兵油子才不会在战场上迟疑呢，因为他们所要做的只不过是听从上级的命令罢了。

你要记住，你是个军人。

他猛地摇了摇头，脸上浮现出惭愧的神色，显然是对自己刚才的神游和迷离感到极度不满。他一定是太过自责了，以至于在垂头顿足的时候又不小心撞翻了自己的狙击枪，让那致命的十字飞到一边去了。

他只得扶起枪并重新瞄准。在他将枪口拨回到原先位置的过程中，整个敌军前哨站的全貌也在他的目镜中缓缓展开。准确地说他面前的这堆废墟绝不该被冠以前线阵地的名号，但无论是他还是那个男人，都选择了忽视掉飘扬在营帐旁的墓地边上，那面完好无缺的红十字旗。

今晚的夕霞着实是灿烂夺目。

你要记住，你是个军人。

三十，三十，三十……

枪托上的刻痕无声地低吟着。轰鸣、火光、尸骸，对于狙击手来说发生这一切之前的那段时间每次都漫长无比犹如一生。然而在利剑出鞘之后，每当硝烟散尽，总会有一个新罹难者的灵魂被裹进一方浅浅的坟墓。这杆枪曾

经的三十声轰鸣总共爆发过三十点火光，而那三十具尸骸此刻也不再安分。他们凝望起枪口，提心吊胆而又慌慌张张。

狙击手的掌心开始变得润湿，这可真是他军旅生涯里的头一遭。

他拼命地摇着头，希望能将假装没认出医生的自我欺骗拖延至时间尽头。可当那正面被血红色浸染的白大褂转向他眼前这一侧的时候，一切的固执都在转眼间分崩离析。这张熟悉的脸曾在他的童年出现过，那曾因持枪而磨出老茧的手掌也曾将温暖给予过一个战火中的孤儿。当年的夕阳西下，可不止哽咽在一个人的胸膛。

狙击手早在出发前就浏览过医生的档案。他知道医生在二十多年前从精英部队退役后就跑去学医，并在几年后加入了无国界医生组织。他必定是在经历了太多以后，认真思考过太多或自觉愧疚得太多，以至在战争爆发之初他就做出了奔赴敌国救死扶伤的决定，或者说是宁愿听从上级的安排而不惜背叛自己的国家——好一个叛国贼啊。狙击手曾在出发前一个人躲在角落里，手攥着昔日救命恩人的照片肆无忌惮地大笑。但笑到最后，他已经是泣不成声。这宿命是多么可笑啊，他用尽二十多年的时光，终于变成了他曾经最好的模样。

他低着头，眼角闪烁着微光。

今晚的夕霞着实是灿烂夺目。

你要记住，你是个军人。

狙击手原以为自己能毫无顾虑地扣下扳机，但现在他放开了枪。

他其实一向厌恶战争，至少他的长官最早就是这么评价他的。作为战争孤儿的他，是坚定的反战主义者，而他入伍也只是想击退来犯的敌军，就像二十多年前的那个人所做的那样。这个念头在他入伍的第一天起就未曾被动摇，也正是这个念头支持着他从列兵一直晋升到如今的上校。因为他是个军人。

但不可否认的是，在经历了这么多次的任务后，他的心态也多少发生了些许的变化。他不再以完成任务作为唯一的目标，长官也说他开始喜欢上了这种令人愉悦的游戏。有一回他训练新兵，那个新兵很瘦弱，为人也很怯懦，对他说他并不敢上战场，和从前的狙击手如出一辙。

他说战争只是游戏。

那个新兵又问他如何才能赢得游戏的胜利。

他说诀窍只有一个字，杀。

杀人，杀更多的人，杀掉你所能见到的所有人。

后来，狙击手听说那个新兵因虐待战俘而上了军事法庭。

狙击手不以为然。事实上，他已经对战争之外的一切都漠不关心了。可眼下战争即将结束，这使得他不得不将目光从战场上收回。前不久，敌军的领袖派出了他们的最高指挥官请求停战，而一个小时后，双方在昨天签署的停战协议就将正式生效，战争就将结束。

这消息使得他变得疯狂了。除了战场，他已经一无所有，他无法重新回到那种毫无出路的生活中去。于是他举起了枪，对准了敌军的最高指挥官扣动了扳机，然而他却意外的失手了。他明白那人伤得很重，而这片战区又早已沦为焦土，只有一个废弃的前哨站。

而整个战区唯一的医生，此刻就在他的眼前。

今晚的夕霞着实是有些灿烂。

你要记住，你是个军人。

这是长官下的命令，显然他也明白战争游戏就是利益游戏的道理。长官是个有野心的人，听说他查阅了不少关于军事政变的资料。狙击手又敲了敲自己的头，显然又在责备自己的走神。时间不多了，那个指挥官就要赶过来了，医生显然也已经做好准备了。时间真的不多了。

开枪？不开枪？

那些老兵油子才不会在战场上迟疑呢，因为他们所要做的只不过是听从上级的命令罢了。你要记住，你是个军人。

他行动了。

扶枪，摸扳机。

轰鸣，火光。

被打穿的红十字旗。

从眼角滑落的泪水。

众魂灵唱响悼亡曲。

这些似乎都在同一刻发生。

三十，三十，三十……

三十一。

"和平"可也是三十一呢。他上过学，明白字母在单词表中的位置。

此时，在他身后走出一个端着枪的年轻人，和狙击手的年龄相差无几，眼中闪烁着异样的光芒。他发现狙击手了。

他微笑着端起了枪。夕霞点亮了枪托上的三十道刻痕，都浅得很。

一阵风吹过，狙击手举着枪猛地转过身来。

一声枪响划过天际。

你要记住，你是个军人。

今晚的夕霞着实是灿烂夺目。

写于 2018 年 9 月 15 日

第四章 话剧

暴雨将至（全三幕）

人物表（虚构人名用 * 标记）

克里斯托弗·哥伦布：四十二岁，热那亚人，总司令、总指挥。受西班牙皇室的资助和委托向西远航，坐镇"圣玛利亚"号。

胡安·德拉·科萨：年龄不详，"圣玛利亚"号船长。

恩佐·布鲁尼 *：三十多岁，里斯本人，"圣玛利亚"号水手长。

佩德罗·德特雷罗斯："圣玛利亚"号船员。

马丁·阿隆索·平松：年龄不详，"平塔"号船长。

文森特·亚涅斯·平松：二十二岁，"尼尼雅"号船长。

德·托雷斯：年龄不详，随行翻译。

卢卡·洛佩斯·萨尔瓦多 *：二十多岁，热那亚人，随行医生。

众水手：十来人，俱男，随行海员。

众土著：十来人，男女老少皆有，新大陆的原住民。

故事梗概

本剧描述的是克里斯托弗·哥伦布于 1492 年实施的首次西航。本剧通过再现哥伦布及其舰队成员在发现新大陆之前的史实经过，重点刻画了哥伦布这个性格复杂、行事风格数易的西方航海家，同时对舰队中各阶层的代表做了立体描述，既体现了对航海精神的大力赞扬，也表明了对殖民主义的坚决抨击。

第一幕

时间：1492 年 10 月 11 日清晨至中午

地点：大西洋－"圣玛利亚"号－舰首甲板

人物：克里斯托弗·哥伦布、恩佐·布鲁尼、文森特·亚涅斯·平松、胡安·德拉·科萨、马丁·阿隆索·平松、德·托雷斯、卢卡·洛佩斯·萨尔瓦多、众水手

【经历了两个多月的艰苦航行，全队人员明显处于崩溃边缘。为了避免不必要的麻烦，哥伦布决定在船长大副会议后的一周，举行一次非正式会谈，届时他将和舰队中的几个首脑人物单独碰面。此外，根据他的承诺，这是西航的最后一天。会谈地址设在旗舰"圣玛利亚"号的舰首，舰首除了在左右舷外侧各悬挂了一条救生艇之外，别无他物，这是全舰最整洁的地方。哥伦布左手搭在左舷护栏上，若有所思】

哥伦布　（仰头）这么糟糕的天气……暴雨将至啊。

【恩佐摇摇晃晃地从右上】

恩佐　（忧心忡忡）先生，恐怕我们要……

哥伦布　（苦笑）无功而返，对吧？

恩佐　先生，不是我给您泼冷水，（环视左右）我们现在的处境岌岌可危！我们的淡水已经发臭，食品所剩无几！不瞒您说，我现在这个样子，全都是烈酒害的——这总要比臭水强吧！（无奈地）至于水手们……（摇头）先生您可能不相信，不少都被胡安给带坏了，受了他的坏影响而自甘堕落的比比皆是……愿主原谅那些意志不坚定的人呐！（叹息）以佩德罗为首的意

志坚定之徒鄙夷他们，而他们又反唇相讥，双方最近吵得不可开交啊……（双手撑在护栏上，不住摇头）

【哥伦布沉吟片刻】

哥伦布　转告胡安，解除限酒令。（稍顿片刻）如果他还清醒的话。

恩佐　（讶异）先生，这怎么成？这不就——

哥伦布　照我说的做。不管你理解不理解，现在就去吧。（恩佐考虑片刻向台下走去）还有，搬一箱到我的房间。（后者点头，从右下）

【文森特从右上，步履沉重】

文森特　（怯生生地）先生，您确定返航了吗？

哥伦布　（眉头微蹙）这可不是你出航时的话。

文森特　先生，说实话我有些不知所措。

哥伦布　这是最后一天了，你还有什么可担心的？我们现在要做的就是度过——或者按你们的话说叫熬过最后一天，然后懦夫般逃走——或者按你们的话说叫返航。对不对？反正你们要的就是这个。

文森特　（委屈地）先生，我和他们可不一样。

【说话间，胡安上，左手紧握酒瓶】

哥伦布　（指着胡安）胡安是我的老朋友，可你看他现在是个什么样子！（走向胡安）胡安，你当年可是凭着严于自律的好品行才声名鹊起的，可是你看你现在都成什么样子了！当年那个叱咤风云的英雄哪里去了？

【文森特跟上，摇头叹息。胡安紧盯着他】

文森特　先生，我身为船长，在领导水手远航之外尚且还要兼顾保护水手的责任；而您身为舰队总指挥，这更应是您不可推脱的第一要务。（略作停顿）马丁心里也明白，他只是没说。（低头）您知道他的话，我一向是听的……

【胡安插嘴】

胡安　（磕磕巴巴）我、我说两位，要、要不要来点儿？（晃晃酒瓶）

【文森特突然一把夺过酒瓶掷入大海】

胡安　（惊怒交加）你干什么？

【文森特面向哥伦布，试图把胡安拽走】

文森特　先生，您听我说……走开！我知道这对于您来说意味着什么……给我松手！我们实在是坚持不下去了……你个该死的酒鬼！哎哟！不是说您的设想是错的……你别逼我！但我们现在实在无法，呃呃……（被掐住喉咙）

【胡安将他扑倒，怒目圆睁】

哥伦布　（上前）松手！

【哥伦布的尝试以失败告终。恩佐上，一声惊叫，上前助力】

恩佐　（面朝哥伦布）先生，这是怎么回事？（不等哥伦布回话便转身）胡安，你闹够了没！文森特，哥伦布先生在此不得放肆！（拉开已痛哭无力的胡安）先生您看，这限酒令可解除不得！

胡安　（指着文森特）还我的酒！你还我的酒！我的酒……（昏厥）

文森特　（委屈地）布鲁尼先生①，您可能理解错了。

恩佐　（余怒未消）马丁足够了解你，而我足够了解他。

【文森特的脸色一下子沉下来】

文森特　原来所有人都认为这个舰队只有一位平松船长。

恩佐　（语气缓和）我们只是很关心你。

文森特　（冷笑）是吗？（退到一边）

【恩佐摇摇头。胡安忽然恢复意识】

胡安　还我的酒！

哥伦布　（远眺大海）胡安，我会赔你的酒。限酒令解除了。

胡安　（茫然）您说的是真的吗？

恩佐　（大叫）哥伦布先生！此事万万不可！

文森特　（平静地）我们都该慎重些——在最危急的时候，人总是会下意识地做出决定，而这往往是正确的。不是吗，哥伦布先生？这对大家都会有好处。（笑）你们尽管相信我就是了，反正又没什么坏处。

【哥伦布丝毫不理会三人，转向恩佐】

哥伦布　我宣布从即刻起，解除胡安·德拉·科萨有关"圣玛利亚"号

船长的一切职务，转由水手长恩佐·布鲁尼兼任。（转向胡安）同时任命胡安调任仓库调配员，即刻生效。（转向文森特）先生们，对于我的任命，你们还有什么疑问吗？

【胡安早跑没了影，恩佐一脸不可置信，文森特站在一旁直视哥伦布】

哥伦布　（直视文森特）亲情不应该是束缚言行的枷锁，一人之利不应该凌驾于众人之上。（微笑）我相信你会做出正确的判断。

【文森特若有所思，良久下】

哥伦布　（看向恩佐）我们可以失去些不必要的美酒，但绝不能缺了一位称职的船长，对吧？伟大的种子更会珍惜在泥淖中发芽的时光。（拍拍恩佐肩头）对于我们的未来，你还有什么想法吗？说实话，我不会怪罪你的。（疲惫得）你是我目前为数不多的几个真心伙伴了，我希望你能坦诚相见。

【恩佐低头深思熟虑，良久抬头】

恩佐　（一脸坚毅）先生，我认为我们不应该返航。

哥伦布　（左手放在栏杆上）你真是这么想的吗？

【恩佐极其激动，他的回答几乎是喊出来的】

恩佐　先生！我们已经无路可退！如果返航，我们面临的是什么？随时可以将我们毁灭的狂风巨浪！物资和人员固然重要，但船只的安全应该排在首位！我们的舰队已经承受不起大风大浪了！更不要提令您亲自上阵的萨加索海，那个上帝见了也不由得发怵的魔沼！②（语气稍缓）先生，还记得我们清早发现了什么吗？无论是块木板、是根木棍、还是其他的什么东西，这不都是大陆带来的信息吗？③这就是我们的希望！与其冒着不比西航小丝毫的风险返航，还不如一路勇往直前！先生，请您放心，食品储量虽危在旦夕，但足以供我们放手一搏！全队处境虽不容乐观，但足以使我们逃出生天！

【马丁上。恩佐情绪激昂并未察觉】

恩佐　胡安总是拿补给不足当借口，要求返航，文森特又太过年轻，依我看他们两个现在都不适合担任船长了！换句话说，艰苦的航行把我们这个小舰队的人心给拆散了，很多人无法坚持的理由，其实并不是外界给予的，而是自己内心的魔鬼打败了自己。内心的魔鬼啊，这才是我们最大的敌人！这才是他们不断要求返航的真正原因！从9月23日起④佩德罗向我报告过好几次，说个别船员趁着夜色偷偷倾倒物资，每次的份额都不大，不易使我们察觉。我起先还不敢相信，直到前几天，我亲自上阵暗中观察，才彻底相信这一切都是真实存在的，领头人和发起者正是胡安。先生！千真万确！

【哥伦布左手紧握栏杆】

恩佐　先生，根据您北纬28度的推算，日本应该近在咫尺！⑤（真诚地）这可是您那梦寐以求的地方，这可是足以载入史册的功绩！先生啊，我可以预见您将手持权杖、头顶皇冠，驾驭着自由的风帆降临于神圣的土地！我可以窥见您不久后将成为热那亚的骄傲。先生啊，现在我们都是上帝的子民，生活在上帝为我们预设的世界。但很快您就将成为璀璨星空中最耀眼的那颗！先生啊，到那时我们都将仰视您的高度！

【恩佐镇定下来注意到马丁的存在，有些不太自在】

马丁　（微笑）布鲁尼先生，说得很好。（鼓掌）

恩佐　（惶恐）您不会对其他人说吧？

马丁　怎么会呢！我来原本是想和哥伦布先生谈谈，没想到此番还大有所获啊！

恩佐　您就别拿我取笑了。（行礼）对不起，我无意冒犯。

【恩佐飞也似的跑开，下】

哥伦布　（望向恩佐下的位置）真是个正直勇敢的人。

马丁　其实，他是把我们不敢说的说了出来。

【两人叹息，远处隐约传来雷声】

马丁　（仰望天空）暴雨将至啊。

哥伦布　（直视马丁）都是老朋友了，有什么话就直说吧。

马丁　（凑近些）文森特没说什么吧？

哥伦布　我只看到了他超越自身年龄的成熟。

马丁　（紧张地）文森特他年轻又激进，这固然是好，但是——

哥伦布　听着马丁，不管你觉得他背着你做了什么，那都与恶劣的品行

毫无瓜葛，你要信得过他。他不只是你的弟弟，还是个非常棒的小伙子。当然他要能克服文弱迁就的缺点的话，我对他的评价会更高的。

【哥伦布一顿，在斟酌下一步的言辞】

哥伦布　至于你和文森特之间……你知道旁人很难述说。但归根结底，马丁，双重的折磨使他倍感痛苦：那就是你的强势和他的尊敬，你的睿智和他的聪颖。（真诚地）不要再压制他了，马丁！凡事都是有界限的！我不想看到你们反目成仇，也不希望他日益萎靡！

马丁　（不以为然）文森特是有他的小聪明，但也仅此而已。

【哥伦布长叹一口气】

哥伦布　你来这里还有什么别的要说吗？

马丁　文森特回去后一直在自言自语——你知道年轻人总是这样碎碎叨叨没完没了……他总是沉迷于评天说地谈古论今……（哥伦布：说重点！）哦，是这样的，我听见他说无意中瞥见胡安怀里的几张演草纸，上面密密麻麻地写满了公式，还有一张颇为精细的手绘航海图。（自顾自地）你说说，克里斯托弗，他闲来无事四处乱看多无礼呀！再说了……你怎么了？

【哥伦布靠在栏杆上，表情既有些震惊又有些释然】

哥伦布　（喃喃自语）他还是那么做了……

马丁　什么？

哥伦布　没什么。（站直）说正事吧。

【马丁颇为关照地多看了哥伦布一眼】

马丁　站在船长的立场上，我们应该返航；站在旧友的立场上，我永远支持继续西行。直到一周前，我还毫不犹豫地选择后者。可是克里斯托弗，眼下的情形不是你我二人就能对付的——即使再加上恩佐和那位朋友。如果不是失眠的瞭望员，我们早就已经打道回府了。（稍顿）我已经无法再歌颂我们的未来了，我已经做不出任何选择了。（鞠躬）对不住了，老朋友，我只得保持中立了。

【哥伦布远眺大海，马丁退回几步然后转身】

马丁　"那个胡安可不简单。"这是文森特的原话。

哥伦布　他可不只是你想象的那样，一个整日沉迷于苏格兰威士忌的醉鬼。

马丁　（耸肩）谁知道呢。

【马丁下】

哥伦布　（自言自语）胡安……

【德与文森特上】

德　先生，我真的受不了了！请求您大发慈悲下令返航吧！

哥伦布　先生何出此言？

德　我再也待不下去了，那些粗鲁的水手，他们简直和野蛮人没有什么不同！阿拉伯语和希伯来语是文明人的语言，我怎么能亵渎它！

【哥伦布不动声色，从腰间系着的钱袋中取出几枚金币掷给德】

德　（一怔）这只是日聘金的一半。

哥伦布　从今天起，每天多加这几枚。（稍顿）反正以后有的是。

【德欢喜而去】

哥伦布　（面向文森特）想不到吧，年轻人？你要求返航直说就行。

文森特　（一脸无辜）先生，我说过我和他们可不一样。

哥伦布　那你来干什么？

文森特　他们想见你，让我来捎个话。

哥伦布　"他们"是谁？

文森特　恩佐、马丁和卢卡。哦，还有德，我们的翻译。

【哥伦布远眺大海，文森特下】

哥伦布　（自言自语）暴雨将至……

【恩佐和马丁先上，片刻卢卡上】

卢卡　（看向马丁和恩佐）他们还不知道呢！（得意）

【哥伦布面向恩佐、马丁】

恩佐　德刚刚通知我们两个要举办个公投来商讨有关返航的事宜。（看向马丁，然后转向哥伦布）您没有表决权，但我们都会全力支持您的。（转向卢卡）这就是因我们的支持换来的另一个收获。（笑）

马丁　他们居然没有剥夺我的表决权，情况可比我预先想的好多了。老伙计，只要他们没有缝上我的嘴，那就没有什么话是我说不得的！

卢卡　（面向哥伦布）无论成功与否，您都是我心目中的英雄。

【哥伦布转身擦了一下双眸】

哥伦布　愿女王陛下永远保佑你们！

马丁　不过克里斯托弗，我可猜不透文森特的选择。

哥伦布　不管怎样，我将尊重他的决定。

马丁　可他又能做什么决定呢？

哥伦布　（叹息）马丁，他早就不是个小孩子了。

【德上，径直走到哥伦布跟前，伸出的左手上有几枚金币】

哥伦布　（笑着）难道还不够吗？

德　先生，我改变主意了。今天我们无论如何也要返航！

哥伦布　（依旧笑着）为什么，文明人？我的野蛮人又惹你恼怒了？

德　（涨红了脸）先生，这次您休想蒙混过关！

【众水手上，站在一旁】

哥伦布　我要是不同意呢？

德　（毫不犹豫）那船上的囚犯就不止三个了。⑥

【马丁走上前去】

马丁　若我是你一定会绞尽脑汁为适才的大放厥词找个恰当的借口。

【德向甲板上吐了一口唾沫】

哥伦布　先生，我想你现在确实应该对此有个解释了。

【德冷笑一声，文森特上】

文森特　我想这还犯不着托雷斯⑦先生开口。

马丁　（怒喝）文森特！

文森特　（看向马丁）对不住了哥哥，一人之利不该凌驾于众人之上。

【哥伦布苦笑】

马丁　混账！

【马丁想扑过去，被恩佐和哥伦布死死抱住】

马丁　我把你推荐给克里斯托弗就是让你背后暗算的？亏我还那么信任你！（看向恩佐和哥伦布）放开我，放开我！

【文森特毫不理睬】

文森特　我想我们都应该坐下来好好聊聊。

德　然后一起做一个小决定。

哥伦布　（冷冷地）你们想做什么？

文森特　公投。

马丁　闭嘴！

【马丁挣脱并冲到文森特面前】

马丁　你再说一遍。

文森特　（笑）公投。

【马丁一拳打去，文森特轻松闪开】

文森特　哥哥，你不光思想大不如前了，身手看来也一并落伍了。

【德不禁鼓掌，文森特不满地看去，德一愣停手】

众水手　快来瞧瞧这天下奇观啦，哥哥与亲弟弟动起手来啦！（大笑）

马丁　（见状停手）那个酒鬼都对你灌输了什么？

文森特　事实上没什么。（看向哥伦布）

马丁　没什么？（走上前盯着文森特，后者毫不为之所动）那谁能解释为何你转瞬之间就丧失了探索的勇气？我一直对你抱有信心，你不要让我失望！你知道我对你一直只有一个要求：像我，像克里斯托弗一样，永远做正确的事！

【文森特一把推开马丁，马丁愕然】

文森特　我听够了！哥伦布先生果然没说错。

【马丁看向哥伦布，一脸的怀疑】

哥伦布　（面向马丁）我跟你说过的。（苦笑）现在就按平松先生®说的做吧，我倒想看看你还有什么伎俩。（直视德）

恩佐　（看向文森特）这里头的花招恐怕多着呢，深不可测啊！

文森特 （微笑）再怎么深也比不上二十号的那两百多寻。⑨

【马丁瞪了一眼文森特】

文森特 （朗声）同意返航的与我一起站在左舷，抵制返航的站在右舷。这样总不会有人再做怀疑了吧？（看向恩佐）

【没人回话。不一会儿只见文森特和德一起站在左舷，恩佐与马丁站在右舷。哥伦布原地仰望天空，卢卡则低头不语。】

德 （焦急地）卢卡，你愣在那里干什么？

【卢卡抬头与德对视，转头冲文森特一笑，一步步走向右舷】

文森特 （沙哑着）……卢卡，你怎么能……

德 （跺脚）卢卡！你糊涂了吗！这边！这边！

卢卡 （笑）平松先生，我只是做了一个重大的决定而已。请您原谅，因为我是第一次做出一个完全自主的选择。（直视文森特）

德 卢卡！星期二罗盘的故障⑩是不是让你的脑子也乱了套？

卢卡 （笑）你说的应该是这次正确而又伟大的西航的反对者。

德 （咬牙切齿）你这个临阵投敌的小人！

卢卡 （不理会德）平松先生，请问我们接下来应该做什么？

众水手 快来瞧瞧这天下奇观啦，有人阵前反戈一击！

【文森特痴痴地望着马丁】

马丁 怎么，你觉得我错了？错的人是你！你觉得我一意孤行？一意孤行的是你！你说你怎么总是这样？你让人省心过几回？

【文森特低头，全身颤抖】

马丁 （得意扬扬）文森特，我说什么来着？我的判断什么时候出过错？你呀，总是这样，拿你哥哥讨自己的没趣……

哥伦布 （充满警告）马丁！

文森特 （自言自语）我不是你弟弟……

马丁 你真应该——你说什么？

文森特 （声音稍大）我不是你的弟弟，我从来不是。我是个可怜的傻子，一个自以为是可怜可笑的傻子，一直享受着您的恩泽。

马丁　哦，天哪，文森特！你可别这么说！

【文森特走过来】

文森特　在我的记忆中，你总是正确的。是啊，你哪里是我的兄弟！你是那么完美，完美到我无法企及的高度，对吧？你是全能的神，是我的救世主，对吧？所以你才拼命维护你那该死的睿智和你那虚无缥缈的威信，对吧！那么听好了你这自以为是的人：你所谓的"神迹"，只不过是滥用了一个穆斯林⑪对他亲人的容忍和爱。我说的没错吧！

【马丁颤抖起来，哥伦布见状握住了他的手，其余人完全呆住了】

文森特　还有你，哥伦布先生。（转身）你说你是地圆说的信徒和虔诚神使。（冷笑）事实上你只是用这些冠冕堂皇掩盖了你的自私自利。你看不见你眼前水手们的惨状，因为你的双眼早已被你的财富充满；你也听不见你眼前水手们的哀号，因为你的双耳早已被你的颂词填满。（目光在恩佐和德的身上来回游走）你们都是一样的。别看你们吵得正凶，人啊！都是习惯以最神圣的借口，修饰最为污秽的私欲。（看向卢卡）至于你，（不屑地）只不过是一条狗，一条失去忠诚和主人的狗。（嘲讽地）多么可怜的一条狗啊！多么懂得见风使舵和顺水推舟啊！是不是，Dog.Lucia？⑫（蹲下身）瞧那摇成花的小尾巴！（站起来依次扫视众人）而我？我不想为了生存而出卖灵魂摇尾乞怜。再见了，先生们。

【说罢，文森特下，马丁瘫倒在地】

众水手　快来瞧瞧这天下奇观啦，亲弟弟恐怕要众叛亲离！（大笑）

马丁　（站起怒吼）你们这群长舌妇给我闭嘴！

众水手　（毫不理会）瞧瞧这几位可怜人！

【文森特走到尽头，却与急匆匆走上来的胡安撞了个满怀】

胡安　（焦急地）哥伦布先生下令返航了吗？

文森特　（阴阳怪气）别做白日梦了，醒醒吧！

【胡安一怔，随后怒气冲冲，大声怒吼】

胡安　一派胡言，一派胡言！（朝哥伦布几人走去）他这是想杀掉所有人来给他陪葬！（怒视哥伦布）我提醒你，这是在谋杀！

哥伦布 　（微笑）没有证据，休要信口开河。

【胡安瞪着哥伦布】

胡安　您真要逼我下决心那么做吗？

哥伦布　愿闻其详。（尾音微发颤）

【胡安听闻深吸一口气。文森特见节外生枝又走了回来】

胡安　（陶醉样）虽然我早已望不见来时的航迹，但我的记忆似乎还停留在昨天。啊，我怀念八月的狂暴夏日与轻柔碧波的交响曲！⑬我怀念神圣西班牙帝国遗失在万里碧涛中的一抹晶莹！⑭我怀念……

众水手　（嘲讽）这可不是唱诗班的慈善义演！（大笑）

胡安　（一怔）那我就切入主题。（清嗓）我们大家都知道"圣玛利亚"只是条普通帆船，而不是像"平塔"或"尼尼雅"那样的轻快帆船，这也是我们的舰队始终无法达到理想航速的根本原因……

卢卡　（嘲讽）你对西航的诋毁就如同"平塔"这个名字本身。⑮

【哥伦布不满地看了卢卡一眼】

胡安　（自我陶醉中）经过我的计算，我们这个舰队的平均时速是5节，截止到今天，我们已经航行69天⑯，对吧？

哥伦布　（直视胡安）你还记得你的承诺吗？

胡安　承诺？（冷笑）事到如今，还有什么是我说不得的？（高声）先生们，当初我们起航前，哥伦布先生可是经过了缜密的计算，他还夸下海口向我保证他的计算是绝对无误的！（盯着哥伦布）如果我没记错的话，应该是不到一个月吧？⑰

【众人皆惊，片刻后一片哗然，哥伦布无力地靠在栏杆上】

胡安　现在我才明白，您的一个月原来是我们的两个半月！

【哗然中首次出现了指责，卢卡一脸不可置信】

恩佐　那，那……那你没有证据凭什么胡说？

【哥伦布凑到恩佐耳边向他道歉】

恩佐　您……难道您——

胡安　（看向恩佐）怎么，他连您也一并瞒住了？（看向众人，众人都是一脸迷茫，嘈杂声都小了下来）那是因为他隐瞒了真实航速和航程，还少报了已走过的路程！[18]（指向哥伦布）他是个骗子！一个企图瞒天过海的骗子！

【残存的喧哗声俱归于死寂】

胡安　你们所有人都被这个骗子耍得团团转，不是吗？从9月9日起[19]，直到今天，他就一直是这么做的！你们都被蒙蔽了双眼！你，（指向德）贵为精通多门外语的翻译。（叹气）这么精明能干的能人，竟也被那个骗子玩弄于股掌之间！还有你，（指向卢卡）知道了这一切真相之后，还愿意做一个天真的信徒吗？把自己的智慧和理性完全抛弃到一边，听信这个可耻可恨的骗子对你为所欲为？！

卢卡　哥伦布先生……还有什么要解释的吗？

【哥伦布摇头】

卢卡　（怒吼）骗子！

德　打倒骗子！打倒骗子！

马丁　（焦急地）克里斯托弗，告诉他们这不是真的！

恩佐　（平静地）先生，我还能继续信任你吗？

【众水手受到德的感染一起喊了起来】

文森特　（摇摇头）我没想到他会这样，哥伦布先生。（直视哥伦布）

哥伦布　（苦笑）是与不是又有什么区别呢？

【文森特深鞠一躬，转身下场】

卢卡　（逼上前来）你觉得我接下来会怎么做？

哥伦布　（微笑）动手吧。

【卢卡一拳打在哥伦布胸口，哥伦布踉跄倒地，众人大哗】

马丁　（怒喝）不得无礼！（冲上前去拉起哥伦布）你没事吧？

恩佐　我提醒你：哥伦布先生依旧是舰队名义上的总指挥。

【卢卡略做思量，悻悻退后】

马丁　（看向胡安）克里斯托弗说的没错，我果然低估你了。

胡安　（指向哥伦布）你也低估他了。

德　打倒骗子！打倒哥伦布！

恩佐　够了！你们这么血口喷人，有什么依据吗？！

【众人都闭上了嘴，一时间鸦雀无声】

胡安　（看向哥伦布）先生，你觉得我有吗？

哥伦布　（笑）《1492远航事记》[20]。

胡安　（低头叹息）你果然早就料到了。（抬头）各位请看！

【胡安从怀中掏出了一个日记本】

胡安　（翻到日记本扉页将其高举）诸位请看，上面写的是什么？

【哥伦布画外音：天才，就是别人认为毫无价值的不毛之地，你却能挖掘出黄金和甘泉来[21]——克里斯托弗·哥伦布，1492远航事记】

马丁　你有什么权力偷拿别人的私人物品？

德　（庄严地）吾辈谨以生命的名义！

胡安　（翻着日记本）一百四十九二年九月九日，（摇头晃脑）这是个值得纪念的日子。因为从这天起，我就再也瞭望不到西班牙帝国的踪影——哪怕只是个微不足道的角落。同时这也意味着我不得不向所有人隐瞒关于我们西航的真正数据。我对此感到非常抱歉，但我也无能为力。为了东方大陆，我觉得这个牺牲是值得的。[22]

【依旧是鸦雀无声，但个中味道有些差异，尤其是马丁和恩佐】

胡安　我还要再念下去吗？！（把日记本和他自己的草稿掷到甲板上）

德　先生们，听从科萨先生的号令，打倒哥伦布！打倒哥伦布！

卢卡　（声嘶力竭）打倒哥伦布！

胡安　（鄙视地看着哥伦布）即便你身入地狱，我依旧唾弃你的坟墓。

【哥伦布看向马丁，马丁痛苦异常，大叫着跑下场】

卢卡　（撇撇嘴）瞧瞧这个！（看向德）

德　（幸灾乐祸地）哥伦布先生大祸临头啦！

胡安　现在我们来听听布鲁尼先生会怎么说。

【哥伦布看向恩佐】

恩佐　（心碎般地）哦，哥伦布先生……你怎么能这么做呢？

【从甲板右侧传来了什么东西被摔碎的声音】

胡安　先生们，今日我们一醉方休！

【众人欢呼着拥簇着胡安下场，只剩下恩佐和哥伦布】

哥伦布　恩佐，你……

【恩佐摇着头没有理会哥伦布，独自一人下】

哥伦布　（捡起日记本）黄金……香料……神秘的东方大陆……

【哥伦布捡起后又丢下】

哥伦布　真的是暴雨将至啊……

【哥伦布下，步履极为沉重】

【众水手却并未退下，依旧站在舰首中央的位置，俱微醉】

水手甲　可怜的水手长，壮志难酬人不如故！

水手乙　可怜的老胡安，酣湎沉醉英雄无度！

水手丙　可怜的文森特，一心返航雄心不复！

水手丁　可怜的旧相识，进退两难远航落幕！

97

【语毕，他们放肆地大笑，又摇摇晃晃地下去了，只余了一个人在台上】

水手戊　可怜的哥伦布，可怜之人必有可恨之处！

【语毕下。霎时间狂风大作，迟到的雨幕匆忙降临】

——幕落

第二幕

时间：1492 年 10 月 11 日晚 10 点至 10 月 12 日凌晨 2 点

地点：大西洋－"圣玛利亚"号－哥伦布的舱房

人物：克里斯托弗·哥伦布、佩德罗·德特雷罗斯

【舱房虽说较为狭小，但还是被它的主人整理得井井有条，而现在我们隐约能看见哥伦布一人坐在床上正在发呆。房间很昏暗，正对着舱门的那侧墙上开了一个小窗，清冷的月光正是从那里溜进来的。雨早就停了，可天依旧是阴沉的，大有山雨欲来的架势】

【有人敲门。哥伦布一言不发】

一个声音　先生？

【哥伦布依旧默不作声】

一个声音　先生，我刚才看见您从上面下来了。

哥伦布　（叹息）是佩德罗吗？

佩德罗　（讶异）先生认识我？

哥伦布　除了你谁还会找我？或者说，谁还清醒到足以找我的程度？

【一时间舱房内外均陷入沉寂，过了好一会儿佩德罗打破沉默】

佩德罗　先生，请问，我可以进来吗？

哥伦布　门没锁。（稍顿）一如既往。

【佩德罗犹豫片刻推门而入。哥伦布正把玩着一个摔坏的水晶杯】

【房间中陈设的家具极为简单，仅有一张床和一把椅子以及一个带有多层抽屉的桌子。银制的烛台歪倒在桌子上，半截蜡烛瘫倒在

地板上，而那大出风头的日记本则被丢进了废纸篓里】

佩德罗　您不应该把它毁了的。（从废纸篓里取回日记本）

【哥伦布没有回应。远处的雷鸣声气势汹汹】

哥伦布　（看着水晶杯）如果我说前方有亮光，像蜡烛那样忽明忽暗忽升忽降，㉓你会相信吗？（看向佩德罗）

佩德罗　（迟疑）会，先生。（犹豫片刻并未关门）

【哥伦布把水晶杯放在床上，直视佩德罗】

哥伦布　（自言自语）平塔确定过了……㉔（看向佩德罗）你看到了？

佩德罗　没有。

【哥伦布重新拿起水晶杯仔细端详。沉默再次笼罩在舱房上空】

佩德罗　先生，您为什么不点蜡烛？（扶正烛台）

哥伦布　有前方的微光就足够了，我又何必多此一举？

【佩德罗捡起蜡烛，点燃后将其插在烛台上】

佩德罗　先生确信陆地已近？

哥伦布　我敢肯定——以天父的名义。

【佩德罗禁不住一声叹息】

哥伦布　你为什么要来呢？

佩德罗　因为先生，我相信你。

哥伦布　相信我？相信我心狠手辣，相信我要将所有人置于死地？

【哥伦布一笑，直视佩德罗】

佩德罗　先生，远不止这些。（笑）

【哥伦布把水晶杯放到床上】

哥伦布　可是你相信我有什么好处呢？（指着水晶杯）这原本是我多年前送给马丁的见面礼，没想到现在却沦为了被遗弃的烫手山芋。

佩德罗　但您如今显然还没有沦为阶下囚。

哥伦布　（笑）他们都醉得不成样子，哪还会来管我这个大山芋！他们准是想等到第二天再来找我寻欢作乐！（叹气。后复指着水晶杯）说实话，我不该骗这杯子的主人和恩佐的，是我把他们绑上了我的赌桌。马丁相信了

我，并且自以为认清了自己，于是就把我们十多年的交情㉓和他自己压上了赌桌。结果？输得一干二净。恩佐认定我就是他眼中的真主，我的命令就是他耳中的福音，于是就把自己的信仰和自己的本能压上了赌桌。结果？赔得血本无归。（指着水晶杯）要不是这个玩意儿，至少马丁就不会落得如今的这份痛苦！（拿起水晶杯将其举到嘴边，轻声低语）你这个害人的小妖精！

【两人相视一笑】

哥伦布　如果你愿意的话，这个杯子就是你的了。

【哥伦布将杯子递给佩德罗】

佩德罗　先生，我可承受不起。（将杯子还给哥伦布）

【哥伦布看向桌子】

哥伦布　桌子底下有个箱子，把它拖出来吧。

【佩德罗依言而行，哥伦布将其打开】

佩德罗　这些酒都是您的？

哥伦布　（摇头叹息）是啊。只可惜我付出了沉重的代价。（拿起一瓶）上好的苏格兰威士忌，纯麦芽十年陈酿。（啧啧称奇）我本想他日尽独自消遣之用，但是佩德罗，其实两个人对酌也是蛮好的。（笑）

【哥伦布将那瓶酒递给佩德罗，佩德罗没有拒绝】

哥伦布　（微笑）去他的东方大陆！（举起酒瓶）一醉方休！

佩德罗　一醉方休！（一饮而尽）

【两人坐在床上你来我往，互不多言，舱房中弥漫着快活的空气】

哥伦布　好酒量！（复递给佩德罗一瓶）

【佩德罗并无多言，伸手接瓶】

哥伦布　我有几个问题，佩德罗。我很想听听你的意见。（灌一口酒）

佩德罗　是，先生。

哥伦布　你相信东方大陆的存在吗？（灌一口酒）

佩德罗　相信，先生。

哥伦布　为什么？

【佩德罗猛灌了一口酒，并不急于回应】

佩德罗　请允许我说得深远些，先生。我们都知道地圆说，也都或多或少的了解一些背后的故事。在很久很久之前是古希腊数学家毕达哥拉斯首先提出的这一概念。㉖之后呢？是个科学家用几何学的方法更加巩固了前人的说法㉗。再之后的一本书也把地球说成是一个球形。对不起先生，我忘了那本书的名字……

哥伦布　托勒密的《天文学大成》。（猛灌一口）

佩德罗　对，没错，《天文学大成》。虽然，这些都只是一些数学推论和理论论证，但今天的人们都普遍认同，足见这并不影响它的可信度！既然地圆说是确切的事实，既然人们已经对自己所赖以栖息的世界的原貌产生了新推断，那为什么还要坚守原有的认知体系？为什么还要一味固执地否认东方大陆的存在？我甚至认为天主教教会有关"符合基督教信仰"的裁定㉘的真实性也有待商榷！（灌一大口酒）

哥伦布　（鼓掌）说得好，佩德罗！（灌一口酒）那么我们再聊些眼下的近况：你怎么评价眼下的处境？（灌一口酒）

佩德罗　您希望我说真话还是假话？

哥伦布　（一怔）我希望你的答案是发自你内心的，佩德罗。

佩德罗　（略做思量）我们没有希望了，但您有，先生。

哥伦布　什么意思？

佩德罗　（猛灌一口酒）如果，您依然要像往日那样率领舰队乘风破浪直抵东方大陆，那么我敢肯定这是毫无可能的。不过，假使您敢将自己置于九死一生之境，那么这最后的希望还是有的。先生，您敢吗？

哥伦布　（把还留有小半瓶余酒的酒瓶往地上一摔）没有什么是我不敢的，佩德罗！你尽管说就行！（又抄起一瓶）

佩德罗　既然先生敢，那么接下来就有两种思路。㉙（猛灌一口）第一，我去联络那七八个与我相处融洽的水手，趁他们还在尽情狂欢、烂醉如泥的时候，（左手做了一个抹脖子的动作）然后带上布鲁尼先生及平松先生们，驾船奔向我们朝思暮想的东方大陆！（灌一大口酒）

哥伦布　（颤抖的手拿着酒瓶猛灌一口）这……（被呛到，不断猛咳）

佩德罗　一切的成功都是不择手段的，不是吗？（笑）

哥伦布　（惊叫）哦，天呐，佩德罗！你太疯狂了！

佩德罗　（笑）既然先生说这法子太过疯狂——或者是用托雷斯先生的话：太过野蛮，那么这还有第二种方案：我去联络那七八个与我相处融洽的水手，再带上布鲁尼先生和平松先生们，趁夜登上救生艇，然后，（左手食指和中指做出逃跑的手势）你好，东方大陆！（笑）

哥伦布　我会考虑的，谢谢！（猛灌一口）

佩德罗　先生毕竟不是我这种底层水手，一时间不知如何应对也实属正常。（笑）我不是学者，只是略微懂得些旁门左道的知识。今日承蒙先生盛情，实在是莫大的荣幸。干杯！（把酒瓶向前一伸）

哥伦布　干杯！（与佩德罗碰瓶，一饮而尽）

佩德罗　西航万岁！哥伦布先生万岁！

哥伦布　好啊，德特雷罗斯先生㉚！你这个朋友我交定了！（大笑）

【两人又是尽情痛饮，一箱酒很快见底】

佩德罗　先生……先生?

哥伦布　（大声）怎么啦!

佩德罗　我也有几个问题……几个问题！还请，还请先生多多指教!

哥伦布　但说无妨！（猛灌一大口）

佩德罗　萨尔瓦多先生㉛是吃了什么熊心豹子胆？竟敢……竟……

哥伦布　（笑）他、他一个医生，明白什么是非曲直？明白……明白什么航海的大道理？（大声）你说得对！成功都是不择手段的！他这无非是谁给了好处就对谁另眼相看！（从箱中抓起一瓶酒掷在地上）

佩德罗　原来如此！（亦从箱中抓起一瓶酒掷在地上）

【两人相视而笑，各拿一瓶酒一饮而尽。佩德罗起身出门】

哥伦布　德特雷罗斯先生，你真是单纯得可爱。（笑）

【哥伦布随之大笑，窗外雷鸣声阵阵】

佩德罗　（开门步入，一手拿了一个苹果）先生！（递给哥伦布一个苹果）能找到……没被他们糟蹋了的……

哥伦布　谢谢。（接过苹果）

【佩德罗看向水晶杯】

哥伦布　（咀嚼着）关于……马丁？

【佩德罗点头】

哥伦布　马丁是个……保护狂，但同时……也是个自大狂。当这两种性格特点，特点，混合在一个人的身上……你懂的。（拿起最后一瓶酒）

佩德罗　也就是说，他们，他们之间没有什么所谓的……矛盾？

哥伦布　（笑）哪有什，什么矛盾？（大声）他们的追求都是一致的！

佩德罗　是啊，我们的目标都是一致的……为什么……（咳嗽起来）

哥伦布　你愿为我们的共同目标不懈努力吗？（眼中精光闪烁）

佩德罗　先生，我一直，一直很享受在您的舰队中度过的时光。如果，您将来还有这样的机会，我甘愿与您共进退！㉜无论阻挡您前进脚步的是什么，我，我甘愿为您奉献出包括我生命在内㉝的一切！

【哥伦布将最后的酒掷在地上，佩德罗大笑，窗外一声惊雷】

哥伦布　很好，很好！（大笑）共同奋斗！

佩德罗　共同奋斗！

哥伦布　以黄金与香料，新航路与东方大陆的名义！

【窗外又是一声惊雷，佩德罗痴痴地看着哥伦布】

哥伦布　（笑）怎么？被吓到了？孩子，无尽的财富正等待着我们！

佩德罗　（嚅动着嘴唇）先生，这不是我想要的。

哥伦布　（怔住）那你想要什么？（微笑）

佩德罗　（闭眼）我渴望终有一天，我得以立足于一个崭新的世界。那个世界没有文明的野蛮，没有平等的不公。那里只有原始的淳朴，那里只有单纯的文明。（睁眼）可是您告诉我的是什么，先生？

哥伦布　（不以为然）德特雷罗斯先生，您真是可爱。我……

【佩德罗站起身来】

佩德罗　不，先生，是您的动机不纯，您即使成功也不会是英雄那样的

成功，您流传千古的唯一可能就是招致后世的万代骂名。

哥伦布　（恼火）你说什么？（抓住佩德罗）你给我解释清楚！

佩德罗　解释清楚？（笑）你和伊莎贝拉㉞那种人有什么区别？

哥伦布　（大怒）你竟敢亵渎女王陛下？！

佩德罗　女王陛下？（冷笑一声）我呸！犹太人和穆斯林㉟的哭声还在伊比利亚回响，3 月 31 日仿佛还在昨日，20 万人㊱背井离乡的一幕幕还在我的眼前一遍遍重播！更不要提那冲天的烈焰，㊲（冷笑）（怒视哥伦布）好一个女王啊，她带给异教徒的礼物就是尸骨无存！我是不是还要祝您节日快乐！㊳

【哥伦布跪倒在地】

哥伦布　（虔诚地）尊敬的女王陛下，仁慈的天父，请宽恕这个……

【佩德罗一把拉起哥伦布】

佩德罗　您究竟还要自我欺骗到何时？她是刽子手，那您就是屠夫！

【哥伦布将其一把甩开】

佩德罗　先生，我钦佩您，是因为您不惧磨难，奋勇拼搏；我支持西航，是因为东方大陆是我梦想中的伊甸园。我一直认为先生您是高尚的，直到今晚。可是……（摇头）可是先生，当我触及您灵魂的深处，却发现您的污秽与他们如出一辙。对不起，我退出。先生。

【佩德罗走向门口，哥伦布突然笑起来】

佩德罗　先生，您怎么了？

哥伦布　想走？（大笑）难道这只须你说说而已？

佩德罗　先生，你无权限制我的行动。再说现在这个处境，谁能保证没有人动了想出走的念想？即使将来得到了改善，谁又能保证这一群乌合之众的凝聚力？说不定平松先生也会有这种想法！㊴

哥伦布　（笑）可不是我要限制你。你还记得你发的誓吗？

【佩德罗顿时浑身颤抖起来】

佩德罗　先生……您竟然……（双手握成拳）

哥伦布　（笑）怎么？那誓言是您自己说出来的，我可没有逼您。

佩德罗　　（声音颤抖）哥伦布先生，感谢您的提醒。

【佩德罗走向门口，哥伦布走向窗口】

哥伦布　　先生，您忘了带上我的礼物。

【脚步声停下来，旋即又响起来，最后奏出一曲破碎的交响曲】

佩德罗　　先生，我知道天父曾兑现了赐子于亚伯拉罕的承诺。[40]

哥伦布　　（叹气）对不起，佩德罗。

【一阵海风吹灭了蜡烛，佩德罗默不作声摔门而去】

哥伦布　　（看向窗外）

【远处隐约传来轰鸣声。哥伦布走向一地的碎片】

哥伦布　　（低头）是啊，佩德罗，我不是英雄，我不是。我也从未把自己当成是英雄，你明白吗？（停顿）我心目中的英雄，要么是尤里乌斯之于古罗马，要么是阿喀琉斯之于特洛伊。而我？（笑）如你所言，我是枪炮之于黎民，是屠夫之于羔羊。（蹲下身凝视碎片）我来这是为了什么？金钱？名誉？（叹气）没错，你说得对，但也可以说这是彻头彻尾的荒谬。没错，我自私自利，我利欲熏心，可谁又不是如此？（右手握拳）就算我不固执己见，难道你们就能推翻东方大陆存在的事实？难道东方大陆就得以置身事外？（面向窗口站起）不，我们必须有人把它呈现在世界的眼前，不是我就是你。这是宿命的定论：东方大陆注定是要呈现在世人面前的。（回头）佩德罗，东方大陆不可能是你想象中逃离污秽的避难所，因为就算是伊甸园也并不长久。

【哥伦布默默走向窗口，电闪雷鸣似乎也在此刻停歇】

哥伦布　　今天，1492 年 10 月 11 日，我遭遇了前所未有的困境。胡安和德联手反戈，马丁、恩佐无能为力，我感觉今天糟透了。真的，糟糕透了。但是……（指向窗外）我不会放弃，你听明白了吗？我不管你是谁——命运也好，意外也罢，我不会放弃。除非你们把我的生命从我的躯体中剥夺，再把它作为献给撒旦的礼物。明白吗？明白吗！

【轰鸣声再次响了起来。哥伦布转身走向桌子】

哥伦布　　（拉开一层抽屉）幸好我还有这个。（拿出一小瓶纯酒精）我

不想倒下，恰恰相反，我必须继续战斗。我已经一无所有，没什么可以再失去的了。如果全军覆灭，就让我做最后一名无畏的战士；如果我倒下，就让我化身为最后一颗仇恨的子弹。

【哥伦布将其一饮而尽。一道闪电划破天际】

哥伦布　啊，闪电！如果你想让我消失在最烂漫的瞬间，那就来吧！啊，大海！如果你想让我遨游在最绚丽的蔚蓝，那就来吧！我们弹尽粮绝、人心涣散了，你们便乘人之危、趁火打劫！（走向窗前）为什么？为什么？胡安，你告诉我，当我们情投意合的时候，你大展宏图、竭尽极致，为什么却又在最关键的节点反戈一击？为什么！你想要名誉，你想要金钱，你想要地位，你想要官职，我都愿意为你争取。但你现在，你现在的所作所为是实实在在地想要我的命啊！是，我可以揭穿你，我可以阻止你，我甚至还可以流放你，但是我没有！我狠不下心！

【舰队在汹涌的波涛中颠簸起伏，轰鸣声伴随着闪电一同降临】

哥伦布　我利用了佩德罗，是啊，我利用了佩德罗，不过这又如何？（右手紧握）有了他，我便能越挫越勇，有了他我便能东山再起！因为他不是一个人，是的，他不是一个人！他的手中握着七八个人的选票！而我，只需伸出一只手来，一把夺过他手中那足以制胜的王牌！至于他自己的那张，（笑起来）是他自己递到我手中的！这多么可笑！（狂笑起来）对的，这就是希望！这就是希望！以他人的生命做要挟来一展宏图，这就是希望！（大笑起来）

【划过的闪电照亮哥伦布血红而狰狞的面庞】

哥伦布　（走向桌子）哈！你好，东方大陆！不管你是未开化的蛮荒之地，还是传说中的文明世界，[41]你都给我听好！我，克里斯托弗·哥伦布，奉大西班牙帝国卡斯蒂利亚的伊莎贝拉女王及阿拉贡的斐迪南二世之命远航西行。（拉开最下层的抽屉）这是1492年面见女王的成果，[42]（叹气）可惜1486年的那次和1491年的那次了。[43]（叹气）不过那又如何？（笑）桑塔赫尔协助我与皇室达成伟大事业的详细协议，这就是我最伟大的胜利！[44]（把任命书摊在桌上）这是大西班牙帝国的任命书，不是英吉利也不是法兰西，更不是那个伊比利亚半岛的波尔图的。[45]（捧在手心）为什么？（笑）因为他们是一群目光短浅、顽固不化的猪！对百分之十的回报都一口回绝，[46] 又哪能捞尽东方大陆的奇珍异宝？对总督权力的继承都斤斤计较，[47] 又哪能统治东方大陆的大千世界？对航海司令的头衔都吹毛求疵，[48] 又哪能跻身东方大陆的千秋霸主？我是谁？我是克里斯托弗·哥伦布！我是谁？东方大陆的主宰者！颤抖吧，世界，你将成为我取之不尽的私人金库！

【哥伦布抬头挺胸、双臂张开，跪倒在地，一声惊雷炸响】

哥伦布　（嘶吼）这世界将是勇者的，所以这世界将是我的！（狂笑）

【雨幕随着电闪雷鸣再次降临】

佩德罗　（敲门）哥伦布先生？

哥伦布　（一把拉开门）怎么？！德特雷罗斯先生！

佩德罗　先生，发现陆地。（转身而去）

【哥伦布彻底怔住，良久后跪倒祷告】

哥伦布　仁慈的天父，伟大的陛下，感谢你们的庇护……

【哥伦布站起追出却没有关上门。远处的谈话声隐约传来】

哥伦布　佩德罗啊，这个，这个……可能性有多大啊？

佩德罗　哥伦布先生，平松先生正在确定。

哥伦布　一定是马丁……现在几点？

佩德罗　（稍顿）大约凌晨两点钟。[49]

哥伦布　（激动地）佩德罗，这是个激动人心的伟大时刻……

佩德罗　是，先生，接下来就要看看这是个什么样的世界了。我猜一定是个野蛮的世界，对不对，先生？就像您朝思暮想的那样。

【一阵狂风倏地吹过，哥伦布的回答听来断断续续】

哥伦布　佩德罗……这么说……你我不都……

【佩德罗没有回应】

哥伦布　马丁有没有说他怎么报喜？

【旁侧传来炮声】[50]

佩德罗　先生，你听到了吗？

【传来众水手的欢呼，"哥伦布先生万岁"的字眼也再次出现】

哥伦布　先生们，听我说。为了保证安全，今天让我们先收帆下锚。⑪

一个水手的声音　哥伦布先生万岁！西航万岁！

哥伦布　先生们，我保证，明天将是属于收获的一天。

众水手的欢呼　哥伦布先生万岁！西航万岁！

哥伦布　佩德罗，你去哪？

【没有回应，只有一步一步沉重滞涩的脚步声传来】

佩德罗　（进房）先生，难道您真的是我不愿想象的那般不堪？

【先是一个水手的阿谀奉承，紧接着传来哥伦布的大笑】

佩德罗　（环视四周）暴雨将至啊……（摇头叹息，关门而去）

【远处传来水手们的欢呼，直到一声闷雷携雨淹没了一切的喧嚣】

——幕落

作者熟练操作 RED

第三幕

时间：1492 年 10 月 12 日上午

地点：北美洲－巴哈马群岛－圣萨尔瓦多

人物：文森特·亚涅斯·平松、马丁·阿隆索·平松、胡安·德拉·科萨、卢卡·洛佩斯·萨尔瓦多、德·托雷斯、恩佐·布鲁尼、克里斯托弗·哥伦布、佩德罗·德特雷罗斯、众水手、众土著

【历史的指针指向了 1492 年 10 月 12 日，这个普通的日子也是人类历史上最为重要的一天。当然这已经发生的一切和即将发生的一切，无论是华特林岛的印第安人还是大洋彼岸的西班牙人，甚至是远征舰队中的哥伦布本人，他们对这一切都不可能有所预知。不过，至少哥伦布已经做好了迎接未来的准备，无论是对己有利还是有损于外】

【如今，哥伦布和他的远征队正乘着小艇向岸边驶来，这片对于欧洲人来说完全陌生的大陆丝毫不能削弱他们的征服心。艇上一片欢声笑语，期间还夹杂着哥伦布神气活现的命令与呐喊，来自舞台右侧的声音更是一清二楚。直到快靠岸的时候，他们却放慢速度，任由小艇停在岸边也不愿再做行动，右侧传来的欢声笑语也转变成了商议讨论】

文森特　第一个上岸的应该是谁？

马丁　当然是我们的克里斯托弗！

胡安　也许……也许应该我们两个……哦！我们三个，我们一起……

卢卡　哥伦布先生还肯不计前嫌许你同来就已经是天大的福分了!

德　你呢?（冷笑）是谁挥着双拳袭向他的偶像?

【一阵短暂的沉默】

恩佐　先生们,我们能不能不要再浪费时间了?

哥伦布　佩德罗?（威严地）来吧,孩子,我们一起。

德　先生!您怎么能?他可是……

佩德罗　（打断德的话头)有些人比我更有资格,哥伦布先生。

【众水手嬉笑起来】

胡安　你还算有点自知之明。（笑）

众水手　（大叫）快看!野蛮人!

【从岸边的灌木和树丛中钻出的一群土著正好奇地看着他们】

文森特　（双手挡住眼睛）哦,天哪!

马丁　这难道就是传说中的……

德　这些魔鬼会害死我们的!（一声惊叫后,传来落水的声音）

恩佐　尽管衣衫过于简陋了些,[52]但他们看上去都很友好。

德　等你像埃斯库罗斯一样脑浆四溅[53]的时候就不会这么说了!

恩佐　（怒吼）你见鬼去吧!

【众人争论不休。哥伦布一声叹息后,换上石榴红色的服装[54]】

胡安　先生,您这是……

哥伦布　（未予理会）马丁,文森特,你们拿着这个。

卢卡　我说先生,我们能不能……能不能等到他们走后,再……

哥伦布　出发!

【依旧没人动身。哥伦布长叹一声】

哥伦布　（从右上）哎哟!（不慎跌倒）

【胡安和德惊叫一声抢上前去】

胡安　先生,先生!先生你没事吧?（转头)你个笨蛋快点!

德　（焦急地）先生,真对不起!我,我没能照顾好先生……

【卢卡提着医疗箱急匆匆地追上，把医疗箱甩在地上】

哥伦布　别，千万别这样。（缓缓地站起身）

德　（一愣）先生，您……

哥伦布　如果你是1476年的那块船板，我今天怎么能站在这里⑮？

卢卡　（拽走德）走啦，别在这丢人现眼了！

胡安　先生，我知道您心里依旧不愉快，但是……

哥伦布　（冷笑）是啊，我险些就滚到甲板上去了！⑯

胡安　先生，我怎么敢……

恩佐　你不敢？你就差和那伙人一起把哥伦布先生扔到海里去了！⑰

胡安　先生……

马丁　（扛着一面印有字母"F"的绿色旗⑱）你这个两面三刀的家伙，言行如同克里斯托弗的两本日志。⑲

文森特　（扛着一面印有字母"Y"的绿色旗）现在说什么都晚了。

【众人向前走去，只留下了站在原地的胡安和更远处的佩德罗】

胡安　（回头）佩德罗？

佩德罗　船长，你输得可谓是一塌涂地。（左手搭在胡安肩上）

胡安　（摇头叹息）我不明白，我不明白……

佩德罗　（笑）你不明白他们，还是不明白你自己？

胡安　我……我感觉我就像马丁换下的旧水手衫。⑳（叹气）

佩德罗　（并不接话）走吧，船长，他们都走远了。

【两人于是慢慢跟上前去】

胡安　（絮絮叨叨）我真希望时间还停留在8月……那时候他还是个踌躇满志的青年人——（苦笑）我也是。我们之间的关系一直很和睦，直到……应该是9月25日傍晚的海市蜃楼吧。㉑从那以后，我就变成了你们所厌恶的样子，同时也是真正的我所摒弃的样子……

佩德罗　（左手拍拍后者肩头）走快点吧。

胡安　走快点……走快点！（左手猛地攥住佩德罗右手）我不想过去！我，我……我不敢过去！（直视后者双眼）你也一样，对吧，告诉我！

【佩德罗轻叹一口气刚要答话，突然睁大双眼呆住了】

佩德罗　（看向哥伦布那边）他们，他们竟然敢……

【佩德罗像哥伦布一伙人狂奔而去】

胡安　（苦笑）众叛亲离……（走走停停地走向众人）

佩德罗　（冲到近前）你们要干什么？

【马丁和文森特插旗的手同时停住。马丁看向哥伦布】

哥伦布　丈量和标记我作为总督所获得的新属地啊，⁶²怎么了？（笑）

佩德罗　（上前几步怒视哥伦布）您无权获得这份土地，先生。

哥伦布　（笑）哦？为什么？

佩德罗　因为这不应该是您的属地。

德　闭嘴吧，佩德罗！免得自取其辱！

佩德罗　（转头怒视）见风倒的墙头草果然只会教我见风使舵！

【德没有吱声，恩佐见势不妙想要圆场】

恩佐　佩德罗啊，依我看，你没必要发这么大的火啊。我们……

佩德罗　是啊，如果大家都像你一样对主人言听计从就没有争执了。

【众人大哗】

文森特　说得对，说得对……（把旗子丢在地上）这里不应该沦为私有财产！

马丁　文森特！你在说些什么？

哥伦布　如果你们觉得我是一时贪念，那么女王陛下会告诉你这是错的。（从兜中掏出份政府文书）这上面写得一清二楚。（向二人一挥）

佩德罗　先生，我们这是从道德的角度。（看向文森特，后者点头）

马丁　你们这是在强词夺理！

卢卡　我倒是想听听二位有何高见。（双手抱臂）

【现场一时间又静了下来，文森特、佩德罗成为焦点】

文森特　这个，我们只是……（抓耳挠腮）

佩德罗　（向前一步）先生，您还记得马可·波罗当年的描述吗？"凡世界上最为稀奇珍贵的东西，都能在这座城市找到，特别是印度的商品，如

宝石、珍珠、药材和香料。根据登记表明，用马车和驮马载运生丝到京城的，每日不下一千辆次。"㊸可谁能想到，这座不朽的大城市有朝一日朱颜罹难，这天父的棋局也戛然而止！㊹现在谁还铭记他们血淋淋的功业？留名历史的唯有屠戮！

卢卡　很抱歉，佩德罗，我听不出什么足以打动我心的肺腑之言。

佩德罗　您还不明白吗，萨尔瓦多先生？（指着哥伦布）先生就是灾难的化身！（直视哥伦布）先生，您是否还记得您曾说过"希望追随着太阳的光芒，我将离开这个古旧的世界"？㊺可是您现在正在做什么！是的，您离开了古旧的世界，同时您也抵达了您梦寐以求的天地，然后呢？您竟要占有它，就像数百年前人们在旧大陆上做的那样！哥伦布先生，这真是天大的丰功伟绩啊！

马丁　佩德罗！你究竟想说些什么！

【佩德罗环视众人后冷冷一笑，向后退一步，文森特跟上胡安抵达】

佩德罗　我知道你们即将犯下什么滔天罪过。

恩佐　（笑）那你倒说来看看。

佩德罗　你们是毁灭者，他们是受害者。

哥伦布　（笑）不，我们是奠基者，是他们的继承者。

文森特　（看向马丁）哥哥……

马丁　（摇头）文森特，莫听信德特雷罗斯先生的一派胡言。

佩德罗　一派胡言？（质问马丁）你这个伪君子有什么资格评论我！

文森特　（怒视佩德罗）他是我哥哥！

佩德罗　（厉声呵斥）和他们还谈什么仁义道德、亲情伦理！他们的弹丸已然上膛！他们的屠刀已然出鞘！（指向众土著）若您是他们中的一员，您希望您亲朋的鲜血绽放在来客的铁蹄之下？（语调颤抖）我们将是历史的罪人……

德　（冷笑）如此说来，德特雷罗斯先生您真是雅典娜般的纯洁。㊻

【卢卡从沉思状态中恢复】

卢卡　也许你说得有道理，但是……

佩德罗　但是什么！

卢卡　但是，我相信哥伦布先生对此会有一个更合理的解释。

文森特　卢卡！（走上前）都到了这个地步，你还在想些什么？

【哥伦布上前拦在卢卡与文森特之间】

哥伦布　（面向卢卡）是的，卢卡，你没说错。

佩德罗　先生，难道您还有什么可分辩的吗？

【哥伦布突然一脸虔诚，向东北方向行屈膝礼】

哥伦布　（庄严地）女王陛下，这就是神圣西班牙帝国辉煌领土的延续！

【众人都是大吃一惊。佩德罗情绪复杂地看着哥伦布】

佩德罗　（平静地）抱歉，先生，请允许我低估您的无耻。

哥伦布　（环视众人）诸位，我们脚下这片无名的土地已不再属于新世界了，此刻，我宣布这是大西班牙帝国的海外属地……⑥

文森特　先生！您怎么能？！

马丁　文森特！难不成你蔑视皇室，挑战皇权，竟妄图以下犯上？！

文森特　我……我……（看向哥伦布）

哥伦布　（肃穆地）在女王的亲笔信中明确提及过，我们所抵达的每一寸土地都有权归我们所有，只是神圣西班牙帝国有权将它们收归王室。（看向众土著）他们将荣获女王的恩赐！（转回头，微笑）与此相比，所谓的自由又算得了什么呢？

【佩德罗在一片沉寂中向哥伦布一步步逼近】

胡安　（突然插嘴）别再多嘴了佩德罗，你无能为力。（缓缓坐倒）

佩德罗　（回头）我知道。（面向哥伦布）先生，我不会对他们下手的。

哥伦布　（笑）德特雷罗斯先生，您可真是把诺言视为儿戏啊。

【佩德罗当场僵在原地，眼中像是要冒出火来】

佩德罗　不，先生，我不会忘记，永远不会。

【佩德罗退到一边单膝跪地，并低下头去不再言语】

马丁　（走过去）佩德罗，我知道你……

恩佐　（拉住马丁）别理他。（看向哥伦布）先生，我们还有正事。

德　是啊，先生，这木杆还没竖起来呢!（语毕，动手）谁来帮个忙!

【恩佐上前，文森特犹豫片刻后跟上】

卢卡　（看向胡安）船长，开工了。

胡安　那是你们的事，与我何干?（回头看向佩德罗）

卢卡　（长叹）这也只能你自己说了算。（与马丁竖起另一根木杆）

【哥伦布看着众人不住点头】

哥伦布　（转身看向众水手）你们还愣在这里干什么?

【众水手从右下】

哥伦布　（看向胡安）你还较什么劲呢，胡安?

胡安　（苦笑）先生，我既然已落得这般田地，您为何还要嘲弄我?

哥伦布　（长叹）胡安，你只是在最关键的时刻站错了队。

胡安　（指向德）那他呢?（复指向卢卡）还有他又如何解释?

哥伦布　（复长叹）胡安，扳机不应该为开火伤人而负责。

胡安　（笑）哥伦布先生，您若不是那只无形的手，谁又是呢?

【胡安环视四周，向哥伦布道别】

胡安　（自言自语）我记得我还有把好枪的……

【胡安从右下，不久后从远处隐约传来一声枪响⑱】

佩德罗　（闻之站起）先生，（走向哥伦布）是你将他逼上了绝路。

哥伦布　（笑）为什么是我?

佩德罗　（盯着前者）先生，您真是撒旦的化身。

哥伦布　（耸耸肩）佩德罗啊，你为什么一定要揪着这些细枝末节不放呢? 还有呢，我送给他的是那把枪，又不是一颗此时沾满鲜血的弹丸。人要为自己负责。

佩德罗　负责? 我倒是希望先生您能记着这句话。（转身迈出一步后，站住）还有，先生，那弹丸的所作所为和您日后掀起的腥风血雨相比，简直是不值一提。

【佩德罗向众土著走去，不再答话】

德　先生，一切就绪！

【哥伦布点头示意马丁，后者和文森特一起将旗子升了上去】

哥伦布　（虔诚地）我，来自热那亚的克里斯托弗·哥伦布在此庄严宣誓：从即日起，圣萨尔瓦多㉖正式并入大西班牙帝国的版图！

【除佩德罗和上上下下的众水手外的所有人，一齐匍匐在地】

佩德罗　（回头看向众人）瞧瞧他们，我不敢想象……

众水手　先生，这些货物应该就足够了！（指着几个大木箱）

【哥伦布站起走向木箱，将其打开】

哥伦布　（自言自语）铜铃、花布、高礼帽……（说话间捧起一把玻璃珠）这些本都是毫无价值的存在，但在这里……（看向众土著）

恩佐　（拿起一顶高礼帽）就让我们拭目以待吧。（走向众土著）

【恩佐把帽子递给一个土著。那人不解其意，恩佐便亲自示范】

德　瞧瞧这些野蛮人！以我们的高贵怎么能如此自降身份！

【文森特摇头叹息】

卢卡　我倒觉得佩德罗并没完全说错，至少我们不是什么救世主。㉗

马丁　卢卡！你怎么敢质疑我们的克里斯托弗？

【恩佐一声惊叫打断了这边的议论】

恩佐　天哪，先生！（举着一个小饰物飞也似的跑来）黄金！是黄金啊！

哥伦布　（伸手接住，不住打量）没错，是黄金。（举高左手）这就是黄金啊！

德　哥伦布先生万岁！哥伦布先生万岁！

【众水手也跟着喊起来。哥伦布显得神气十足】

马丁　我把他们叫来！（跑向众土著）

恩佐　这真是块风水宝地啊！

文森特　哦，也许是吧。

卢卡　（推文森特一把）干嘛这么没精打采的！

【马丁把众土著叫了过来，霎时间一片欢声笑语】

哥伦布　（得意地）看看，先生们，这可都是货真价实黄金！

德　（声嘶力竭）哥伦布先生万岁！

【众土著示意哥伦布一行人向岛屿深处的聚居点走】

哥伦布　先生们，听我口令，向着黄金进发！

水手甲　这下可梦想成真啦！

水手乙　我们可是发现了聚宝盆的大英雄呐！

水手丙　征服新世界，征服一切的财富！

水手丁　这可真是载入史册的伟大西航！

水手戊　哥伦布先生万岁！

【众人就这样浩浩荡荡不可一世地出发，末了从左下】

佩德罗　（叫住坠在队尾还未下的文森特）对不起。

文森特　你不应该为此负责。

佩德罗　不，我是说我看错你了，哥伦布先生也说错了。

文森特　（苦笑）你还是叫他先生。

【佩德罗看一眼文森特向右走去，文森特一人跪在舞台中央】

佩德罗　（看着众人离开的方向）暴雨将至啊……（从右下）

——幕落·全剧终

写于 2016 年 6 月 18 日

注释

①布鲁尼是恩佐的姓。

②萨加索海是马尾藻海的旧称。

③事实如此。1492 年 10 月 11 日是哥伦布被迫许诺的最后期限，也就是这一天哥伦布的舰队在海上陆续发现了一秆芦苇，一些藤茎，

一棵小树，一根被砍削过的木棍，一块加工过的木板。

④从1492年9月23日起，船员中已开始发出怨言、牢骚，事实如此，但本剧中船员们倾倒物资的情节实属虚构。

⑤事实如此。

⑥哥伦布首次西航的舰队中有三个从监狱里提出来的囚犯。

⑦托雷斯是德的姓。

⑧平松是文森特和马丁的姓。

⑨1492年9月20日哥伦布下令测深，但测深绳放到200寻仍不着底。

⑩1492年9月13日水手们发现罗盘磁针向西偏移，那天是星期二。

⑪马丁和文森特都是穆斯林。

⑫卢卡是医生，而"医生"（Doctor）与"狗"（Dog）谐音。

⑬1492年8月3日探险队从帕洛斯港拔锚启航。哥伦布率领船队先向南偏西航行以便驶向加那利群岛。

⑭加那利群岛是西班牙所属伸入大西洋最远的群岛。

⑮平塔在西班牙语中有妓女的意思。

⑯指的是1492年8月3日至1492年10月11日.

⑰根据哥伦布的计算，准确地说是28天。

⑱事实如此。哥伦布在开始的时候就准备了两本航海日志。一本记录他估计的每天驶过的实际距离，是秘密的；另一本记载的航程比实际航程小得多，是公开的。这样是为了在航期拖长时，使船员们不致感到惊恐而失去信心，进而引发骚动和暴乱。

⑲事实如此。从9月9日起，即从不见陆地的第一天起，哥伦布就开始隐瞒真实航速和航程，少报已走的路程。

⑳此日记纯属虚构，其原型是哥伦布的那本秘密航海日志。

㉑这确实是哥伦布的原话。

㉒这段记录纯属虚构。

㉓事实如此。1492 年 10 月 11 日晚上 10 点钟，哥伦布发现前方有亮光，他因此确信陆地已近。

㉔事实如此。

㉕纯属虚构。

㉖事实如此。

㉗指的是生活在亚历山大的科学家埃拉托色尼，他用几何学方法确立了地球的概念，对地圆说作出了相当大的贡献。

㉘指的是当时教会所坚持的地心说。

㉙此细节纯属虚构。

㉚德特雷罗斯是佩德罗的姓。

㉛萨尔瓦多是卢卡的姓。

㉜事实如此。佩德罗是有据可查的唯一一名参加过哥伦布全部四次西航的船员，但在本剧中他上当受骗的情节纯属虚构。

㉝此话不幸言中。在最后一次悲剧的航海历程中，他在一次叛乱中为保护哥伦布献出了生命。

㉞指的是坚决支持哥伦布西航的伊莎贝拉女王。

㉟伊莎贝拉女王为了使伊比利亚半岛去伊斯兰化，于 1492 年 3 月 31 日颁布法令把西班牙的犹太人和穆斯林驱逐。

㊱在那场驱逐中，大约有 20 万穆斯林离开西班牙，剩下的皈依基督教。

㊲伊莎贝拉女王设立了"西班牙异端裁判所"，其最为臭名昭著的就是针对被裁定的"异端"所施行的火刑。

㊳严格来说哥伦布并不能算是天主教徒。

㊴事实如此。1492 年 11 月 20 日 马丁·阿隆索·平松率平塔

号擅离编队去巴比克（大伊纳瓜岛）寻找黄金。

㊵《圣经》中的记载亚伯拉罕曾求子于上帝，而后者答允了他的请求，这里指佩德罗被迫答允哥伦布不得退出。

㊶当时的欧洲普遍认为东方世界不仅黄金遍地，还存在精神文明高度发达的国家，是传说中的理想国度。

㊷在1492年哥伦布第三次上朝面见女王后，同意哥伦布所提各项条件的正式文件终于被正式签订。

㊸1486年及1491年哥伦布两次面见女王，但最终都无果而终。

㊹这里指的是圣塔菲协定。它的成功通过得益于西班牙大商人兼财政顾问桑塔赫尔的大力支持。

㊺指葡萄牙。"葡萄牙"之名源于繁荣的港口城市波尔图。

㊻事实如此。哥伦布坚持要把将来全部殖民地收入的10%归他所有。

㊼事实如此。哥伦布欲将他发现的每个国家的总督权过继给后代。

㊽事实如此。哥伦布坚持在试航成功后任命他为航海司令。

㊾事实如此。1492年10月12日凌晨2点钟，平塔号的值班员终于确凿地看见了陆地。

㊿事实如此。马丁·阿隆索·平松船长在确认发现陆地后便鸣炮报信和庆祝。

51事实如此。马丁船长鸣炮后，哥伦布冷静地命令收帆下锚停船，等待天明，以保证安全。

52事实上当地印第安人习惯于全身裸体。

53相传公元前456年，埃斯库罗斯最后一次去西西里的时候是被一只从天空上掉下来的乌龟砸死的。

54事实如此。

(55)1476 年，哥伦布在航海途中的激战中落入水中，靠着一块破碎的船板泅渡到葡萄牙，他的梦想也是在这一年正式起航。

(56)在 15 世纪后期的小船上，只有船长和一两名高级官员才有享受舒适的船舱和卧铺的权力。所以不当班的船员，只有懒洋洋地躺在甲板上闲聊，或缩在阴凉处好好地睡上一觉。

(57)1492 年 10 月的时候，海员开始宣称这次远航是一种愚蠢的航行，有几个海员还想把哥伦布扔到大海里后，再返航回去。

(58)事实如此。这面“F”旗与下文的“Y”旗分别代表国王和女王，登陆时由另外两名船长扛着。

(59)即上文所说的两本航海日志。其实，由于哥伦布总是把航速估计过高，所以他那本假日志倒更接近于实际的情况。

(60)哥伦布曾以一件丝绸紧身上衣做为第一个发现陆地的人的奖励。

(61)1492 年 9 月 25 日傍晚，“平塔”号发现了一个在海天相接之处隐约可见的海岛，可是，它在第二天却无影无踪了。这种事在过去和以后都发生过，他们把低垂着的雷雨云误认为是陆地了。

(62)实际上，哥伦布在登陆后立即宣布这里已成为西班牙的国土，并没有把它据为己有，此情节纯属虚构。

(63)这是马可 · 波罗在《马可 · 波罗游记》中对元大都的描述。

(64)据说，鸟瞰元大都就会发现这座都市的布局非常像棋盘。

(65)这确实是哥伦布的原话。

(66)雅典娜是希腊神话中的三处女神之一。

(67)事实如此。

(68)纯属虚构。

(69)事实如此。

(70)圣萨尔瓦多在西班牙语中是救世主的意思。

绝唱（全三幕）

人物表

豫让： 春秋末年晋国人，姬姓，毕氏，为正卿智伯瑶生前的家臣，念念不忘为主报仇。

赵襄子： 春秋末年晋国大夫，嬴姓，赵氏，与韩魏两家大夫合杀智伯瑶。

豫让之妻： 和豫让恩爱多年，在豫让决意复仇而隐姓埋名后，伤心欲绝。

朋友甲、乙： 豫让的朋友，曾劝阻豫让的复仇行为。

众侍从： 三四人，皆是赵襄子的贴身侍卫。

众兵丁： 十数人，皆是赵襄子外出的随从。

故事梗概

本剧以豫让两刺赵襄子的历史事件为蓝本，描述了春秋末年晋国统治阶级内部，智氏与韩氏、赵氏、魏氏发生内战并最终导致智氏家族灭亡后，豫让作为智氏家族首领智伯瑶昔日的家臣，发誓为主报仇雪恨从而两次刺杀赵氏首领赵襄子，重点表现了豫让的忠义与赵襄子的宽宏以及大时代下小人物的悲剧。

第一幕

时间：公元前 453 年 4 月的某日傍晚

地点：豫让匿于山后的歇脚之处

人物：豫让、豫让之妻、朋友甲、朋友乙

【此时，距智氏家族意图吞并韩、赵、魏三大家族不成，反而招致灭族已一月有余，^① 豫让作为智氏家族曾经的家臣侥幸逃过一死，此刻他正襟危坐，正等候好友的到来。在他的身边，妻子正房前屋后的忙碌。屋外残阳如血】

豫让　（正襟危坐、神色肃穆）是时候了……

【传来敲门声。豫让起身却被正准备饭菜的妻子拦住】

豫让之妻　还是我来吧。（粲然）此等杂事，岂能劳烦夫君？

【豫让之妻前去开门，朋友甲、乙从左上并向豫让拱手，豫让亦抱拳回礼】

朋友甲　（面向豫让）毕兄弟，可有些日子没见啦！（看向同伴）

【豫让起身走上前去】

豫让　是啊，何止是许久未见，险些就是阴阳两隔啊！

豫让之妻　（含笑）两位不辞劳苦远道而来，小女子在此替夫君多谢了。（行礼）

朋友甲、乙　不敢不敢。（急忙回礼）

豫让　（呵斥）你却来凑什么热闹？快去备飨以犒来客！

【豫让之妻微微一笑，转身走向厨房，从右下】

朋友甲　一山一水一室一妻。（看向豫让）毕老弟，多么完美的隐居生活啊。

豫让　（苦笑）我可不是个甘为隐士的家伙。

朋友乙　（叹气）是啊，尤其是那漆颅为樽②的不共戴天之仇，岂能不报！

【一时一片沉寂】

朋友甲　（埋怨地）今日赴宴只图好友相聚，何必说这些冷场的话？（看向同伴）

朋友乙　（毫不示弱地）国难家仇理应人皆讨之，怎可忘之于酒席卧榻？

豫让　（激动地）不要再吵了！若有分歧必起争论，难道这样就能报仇雪恨？你看你们还是老样子！争论不休，又成何体统！

【两人低头不语】

豫让　（站起踱步）主人虽身为人臣，然胸中韬略实更甚于出公！③眼看大业将成，哪知赵襄子这奸贼竟私通韩魏并以之为内应，④以致智伯他……（右手锤墙）

朋友乙　（咬牙切齿）这仇一定要报！

朋友甲　是啊，该当如此，可是我……

【同伴怒目而视】

豫让　（叹气）今日两位光临寒舍，毕某真是不胜感激。（侧身让路）请坐吧。

朋友甲乙　（对视一眼）那就多谢了。（依次落座）

【豫让坐于两人对面，豫让之妻从右上，上茶后，从右下】

豫让　今日邀请二位前来赴宴，除欲求一聚，毕某还另有所图。（再次行礼）

朋友甲　（急忙拦住）你我都是多年的交情了，帮个忙难道不是理所应当的吗？

朋友乙　毕老弟的这个忙，只怕你是帮不上了。（看向同伴）

朋友甲　此言差矣！兄弟三人情同手足，死亦不辞，何惧作难？

【豫让一声不吭地倒上三杯茶】

豫让　（递给两位朋友）我这有劳两位的难事，便是要去杀一个人。

朋友甲　（大惊失色）杀人？

朋友乙　（沉吟片刻）赵襄子？

豫让　（顿首）正是这奸贼。

【一时间又是一片沉寂】

朋友甲　毕老弟啊，智伯的仇是一定要报，可是我实在爱莫能助啊。（摇头）

朋友乙　（冷笑）贪生怕死，装模作样，如今的世道下，这般人物实在是数不胜数。

朋友甲　你竟说我苟且于懦夫之径？想当年我浴血疆场……

朋友乙　如今，主人驾鹤西去，你当然是不肯再卖命了。

朋友甲　（霍然站起）你有何面目去侮辱一位骁勇战将昔日的忠诚？

【豫让轻咳一声，两人顿时安静下来】

豫让　鄙人素知今日之请于二位而言意味甚多。二位皆尝身居要职，虽亦遭不幸，然绝不似愚弟毕某今日之境，是故今日我便直抒胸臆，并请二位表明自己的态度。（指着面前的茶杯）"鲁人曹沫只手挟君，吴人专诸单剑毙敌。⑤"二位仁兄若是肯与愚弟一同前去斩杀那奸贼，就不妨饮下这杯清茶；若是心有所念不便同行，此刻就可自行离去。（看向两位朋友）愚弟先饮为敬！

【豫让一饮而尽，两人默默不语】

朋友甲　（深思熟虑后）毕老弟，我实在是……

豫让　没关系。（稍作停顿）我想我能理解。

朋友甲　"高山仰止，景行行止。"我虽不便同去，但这杯就当是敬毕老弟的！

【语毕饮尽杯中之茶，行礼后转身而去，从左下】

朋友乙　（愤怒地）毕老弟，你就让他这么走了？！

豫让　君子不强人所难。（笑笑）吾辈虽不是君子，却也应如此。

朋友乙　（叹气）不管怎么说，这忙我是一定要帮的！（举杯）

豫让　（笑）仁兄乃一介文士，岂可同我等武人行刀枪剑戟之事？

朋友乙　（一时语塞）那您更不可放他而去！

豫让　（笑）他既仰慕我的品行，我又怎能强人所难？

【两人不语】

朋友乙　那我能帮老弟做什么？

豫让　打探消息。

朋友乙　可是……可是这根本算不上是帮忙啊！

【豫让沉默良久】

豫让　要说这世上还有什么值得我牵挂的，那就是她了。（指向厨房）我身死以报故人之后，您若仍肯履行承诺，就劳烦您照顾她了。

朋友乙　（掏出佩玉）就以老弟当年的赠礼作为保证吧。玉在人在，玉亡人亡！

【豫让点点头没再说什么。他回头看向厨房，眼角含泪地长叹一声】

豫让　（回头）在我外出行刺之时，你一定不要跟随前往。

朋友乙　（稍作犹豫）或许我能……

豫让　（正色）赵襄子为人谨慎，少一人前去便少一分暴露的概率；再说他手下的精兵强将个个身经百战，岂有一个是好对付的？我若身死，死不足惜；你若是再有什么意外，不说内人，难道你忍心将自己的家人弃之于不顾？

朋友乙　毕老弟，你……

豫让　（拭泪）为了智伯，纵肝脑涂地，毕某亦不惜！

【豫让之妻端饭从右上】

豫让之妻　（诧异地）怎么先走了一人？

豫让　他先回去了。（温柔地）辛苦你了。

豫让之妻　夫君言重了。（招呼两人）快坐吧。

朋友乙　（自言自语）毕老兄可真是……（叹气）

【三人席间再无半分言语】

朋友乙 （走至门口转身）多多保重!

豫让 知道了,走吧。

【两人长久对视。身后的豫让之妻正收拾餐桌】

朋友乙 今日一诺,永不覆言。(转身从左下)

【豫让也转身走向餐桌】

豫让 我来收拾吧。(将餐盘端向厨房,从右下)

豫让之妻 （嘟哝着）今天他真的很奇怪啊……(从右下)

【不多时,两人一同从右上】

豫让之妻 夫君,今日良景实在难得,便请听吾长歌一曲。

【豫让闭眼细细倾听,歌声优美绵长】

豫让 （睁眼）士为知己者死,女为悦己者容啊。(看向其妻)

【歌声骤歇】

豫让之妻 （诧异地）你说什么?

【豫让笑笑,再度闭眼】

豫让之妻 真是奇怪……(高歌依旧)

【夫妻二人再无言语,而落日则伴着歌声沉入了另一个世界】

豫让 星月流转日落依旧,不晓何人得窥人世之缪?

豫让之妻 （旋即住口）天数有变,神器更易,这等乱世又有谁在乎这些呢?（凝视豫让）而如今除了你我,还会在乎谁呢?（抓住豫让的手）既幸得大难不死,不知夫君能否携小女子之手,于此与世无争之境共度余生呢?

豫让 娘子与在下相伴已久,何须于此赘言?（哽咽）

豫让之妻 （嗔怒道）都多少年的老夫老妻了,还这般扭扭捏捏!（从右下）

豫让 （望其妻背影）对不起……我也是……迫不得已……

【豫让单膝缓缓跪地,默默无言。窗外长夜似水,草丛中虫鸣依稀】

——幕落

第二幕

时间：公元前 453 年 4 月的某日早晨，豫让和友人相邀后不久
地点：赵襄子宫内的厕所之中
人物：豫让、赵襄子、众侍从

【在豫让下定决心孤身复仇之后，他便离了家并誓死复仇。他变更姓名混进赵襄子宫中，冒充被判刑服役的罪人，做了个涂饰厕所的侍人，想借此伺机刺杀赵襄子。经过几日的等待，他终于等到了一个机会】

豫让　（持漆桶自言自语）毕某血溅之日大仇得报之时。（肃穆地）便是今日了。

【从门口传来脚步声，豫让急忙住口】

赵襄子　（嘟哝）近日适才灭了智氏，可须多加小心……

【豫让抽出并紧紧地握住匕首】

赵襄子　（缓步从左上）出公竟向齐、鲁借兵，意欲剿灭我赵、韩、魏三氏国卿！⑥真是不自量力！如今内忧已平，外患也渐息，如此，则我三氏家族……（走到门口忽然止步）此中必有蹊跷！如此强烈而又毫不加掩饰的杀气，想来一定非智氏遗臣莫属。（右手捻须）这可就有意思了。（笑）

【赵襄子转身从左下】

豫让　（握紧匕首）这赵襄子果然机警过人，真是麻烦……

【不多时，赵襄子同众侍从左上】

赵襄子　搜！（一挥手）给我搜！

【众侍从蜂拥而入】

众侍从　谁在此意图不轨？滚出来！

【豫让将匕首藏进漆桶后主动走了出来】

豫让　吾辈在此，不敢冒犯大人。（举起双手）

【众侍从走过来想把豫让捆住】

赵襄子　休得无礼！（众侍从松手）你在这里干什么？（走上前去打量豫让）

豫让　（低着头）小人在此漆壁圬墙。

赵襄子　（继续打量着豫让）你为什么来这里？

豫让　（依旧低着头）小人是个被发配到此的刑人。

【赵襄子冷笑一声下令搜身】

豫让　小人真的只是个新来的奴役。

【赵襄子冷笑不语，不多时，众侍从搜查无果】

众侍从　（朗声）回大人，此人不像是以下犯上的刺客！

赵襄子　（嗤地一笑，右手径直指向漆桶）那这里呢？

【众侍从都是一怔，旋即开始在这漆桶中搜查】

豫让　（抬头看向赵襄子）大人。您赢了。

【一个侍从惊叫一声并从漆桶中掏出一把匕首，其他人立即将豫让捆了起来】

赵襄子　你为什么要杀我？

豫让　为了智伯。

赵襄子　仅此而已？

豫让　大人，我原本是智伯手下的一个家臣。智伯因您而殒命，我当然要杀您！

【众侍从齐声呵斥豫让，但被赵襄子制止】

赵襄子　你可知我为何要杀智伯？

豫让　（毫不犹豫）因为智伯觊觎独掌权势。

赵襄子　既然如此，那我杀他岂不是天经地义？

豫让　因为依鄙人之见，大人您有罪在身。

【众侍从再次齐声呵斥】

赵襄子　（笑）我有罪？为什么？说来听听。

豫让　（直视赵襄子双目）大人，智伯为中兴姬晋⑦而向您索取土地，您以祖宗家业不可予人为由拒绝，⑧此乃人之祸患，自然无罪；智伯意图独掌权势而对您宣战，您为了身家性命奋力抵抗，此乃人之常情，自然无罪；甚至您眼看形势危急而串通韩、魏，致使智伯身死晋阳，⑨此乃人之本能，也自然无罪。可是，可是……（低头）可是您不光屠了智氏，杀了智伯，还将他的首级砍下制成酒器！（抬头）您整日张口闭口尽是仁义道德，难道这，难道这……（眼中泪光晶莹）

【豫让低头拭泪，众侍从沉默无语。良久后，赵襄子缓缓说道】

赵襄子　（仰天长叹）我承认这是我一时兴起之举，我也承认这有悖于仁义道德。可是倘若智伯取胜，他待我岂不亦如此？你是他的家臣，自知他唯利是图、贪得无厌。想当年他联合魏氏、韩氏及我赵氏三族大夫，瓜分了范氏中行氏的土地和财产，这难道就是所谓的正义吗？他还曾戏弄韩康子⑩并尽辱韩氏家臣，贪婪地向韩氏魏氏索求并夺取了万户之邑，⑪这难道就是所谓的正义吗？天下人皆道我私通韩康、魏桓⑫致使智氏战败，更有甚者谴责我多行不义，以阴谋手段颠覆战局。但智氏何尝以德行事？智伯他跋扈多年，无论是台面上还是背地里都不知结了多少仇家。就算我不动手，他早晚也将横遭灾祸。我杀人灭族，身负罪孽，这固然不假；可这番替天行道，又有何人知晓？（低头看向豫让）

【豫让默然不语】

赵襄子　勇士，我可否知悉你的姓名？

豫让　小人毕氏。

赵襄子　我看你也是位义士，不如来我府上为我效力？

豫让　（不假思索）我既只欲为智伯报仇，怎可怀有二心？

赵襄子　（叹气）此等英雄，怎可枉死于刀下？（面向众侍从）把他放了吧。

众侍从　（齐声）大人，此等死士，若不得由己驱使，必当杀之！

赵襄子　（看向豫让）今后若有绝佳时机，你还会为智伯报仇吗？

豫让　（毫不犹豫）会，大人。

众侍从　（齐声）大人，还望您三思而后行啊！

赵襄子　（摇摇头）他是位义士，与我毫无纠葛，又只因我杀了他家主人才一心想来刺杀我为主报仇。我赵氏行事虽有悖仁义，但向来以德立身，怎么能将与我不和之人赶尽杀绝？面对此等英雄人物我便小心避开他，不让他有可乘之机就是了，为什么一定要杀了他以绝后患呢？再说了，智伯被杀后并没有留下后代，智氏家族也被全灭，可他昔日的臣下却依旧念念不忘为他报仇，可见智伯虽声名不佳，但他对待手下的臣子却是何等的贤德啊！这就不是我所能及的了。（看向豫让）念他此番忠诚，尔等休复作难。给他些许钱财，将他逐出我宫，如此便是。

众侍从　（行礼）是！

【众侍从左下，不久后呈钱而上】

豫让　（昂首挺胸）小人心里记着大人的恩赐，但这份厚礼小人无福消受！

【豫让行礼后从左下，众侍从大为不满】

赵襄子　（望向豫让离去的方向）这等人物，于世间恐怕是再难得一见了……

【赵襄子摇着头从左下后，众侍从随之下，宫外莺啼啾啾。】

——幕落

第三幕

时间：公元前453年5月的某日午间，豫让离宫后不久

地点：赵襄子出行时必经之桥的附近

人物：豫让、豫让之妻、朋友乙、赵襄子、众侍从、众兵丁、朋友甲、众志士

【豫让首次行刺不成后，并未放弃。他自毁容貌并在身上涂漆，还让皮肤长满恶疮，甚至于吞炭以致喉嗓喑哑，这一切使他面目全非，如今他正在街上乞讨】

豫让　只图大人们行个好，还请赏赐个残羹剩饭呐！

【豫让之妻从左上】

豫让之妻　（涕泣着）夫君，我的夫君呐！你怎能一声不吭便舍我而去？夫君，你当真狠心呐！（站住）你那朋友来寻我，尊称你为仁兄，想把我接去他家当做是自家嫂嫂一般恭敬对待，还说这是你的安排！（抬头仰望）可是夫君呐，你如今杳无音讯，就算是我享尽荣华富贵又能如何！夫君，我那狠心的夫君呐！

豫让　（低声）夫人，行行好吧！

豫让之妻　（望向豫让）呀！（奔上前去）敢问这位仁兄可否见过我那夫君？

豫让　那人却又是谁呀？

豫让之妻　他便是那日于宫中刺杀赵襄子不成的豫让！

豫让　原来是他……（抬头）夫人，我见过他。

豫让之妻　（急切地）他在哪？他在哪？

豫让　（指向前方）他向那个方向走了。（拽住其妻）他还吩咐我说，他一定会回来找你，让你不要为他担忧。（略作停顿）他心中也很放不下你。

豫让之妻　（欣喜地）真的吗？（恭敬行礼）如此可真要感谢仁兄了！

【豫让之妻于豫让回礼时，飞奔着从右下】

豫让　（望向其妻所下方向）夫人，毕某人如今自残肢体，不仅有悖人伦，更无颜于考妣，今生是不得相见了……如此生缘分未尽，来世再做夫妻！

【豫让眼中含泪】

朋友乙　（急匆匆地从左上，放声大喊）嫂嫂！嫂嫂！（自言自语）这可怎么办？毕兄弟将夫人托付于我，她却自行寻夫；若是一时绝望而自寻短见……我可……我可怎么向毕兄弟交代啊！（站住，望向四周）嫂嫂！嫂嫂！（猛然看到豫让）这，这不是……这不是毕老兄吗？可怎么……

豫让　（点头）正是毕某人。

朋友乙　（快步上前，眼中含泪）毕老兄，你这是何苦啊！以你的才干在赵襄子府上混个一官半职绝非难事，而他也一定会亲近和重用你。到时候你便可以接近他并趁机下手，事后还得以全身而退，这样达到为智伯报仇的目的岂不更容易、更合理吗？为什么一定要忍受肢体残损的痛苦呢？毕老兄，你……

豫让　（正色）我首次行刺不成，赵襄子不但没有杀我以警示天下，还想招揽我入他府中；被我拒绝后他不急不恼，又想赠我些许钱财，以打发我去做些市井黎民的生意，由此可见，他是忠厚仁义之徒，我又怎能以这等卑鄙手段伤他性命？

朋友乙　你说他忠厚仁义？毕兄弟，你想想他都干了些什么！我们就该不择手段！

豫让　你错了。（直视前方）我若想行此不义，自可以在第一次就打着为他效力的旗号，依你所说的那样混入他宫中伺机下手。可我没有这么做，

你道是如何？（略作停顿）我既愿不顾一切地为智伯报仇，那自是甘为智伯付出身家性命，便一生只愿受他驱使；而今若投入赵襄子府中，就算只是借门也使我心中惴惴不安，再说我怀着为他效力的虚情假意去杀他，对谁来说都是怀有二心啊。

朋友乙　（冷笑）由此说来，无论如何你都不会如此行事？

豫让　（斩钉截铁地）正是。

朋友乙　好，好！（瞪着豫让）那我再问你一个问题：你为何这样为难自己？

豫让　（平视前方）孔夫子曾有言："君君，臣臣，父父，子子。"君行君道，臣行臣道，这是永恒的真理和义务。我既身为人臣，行臣道便是理所当然。如今，吾君身死，我意欲手刃仇人，这固然不错；但我这仇人却也身居庙堂，平日里行的是人臣之道，虽对上忍动干戈，却也正大光明且颇有人君之相。我如此为难自己，正是为了告诫后世那些怀有异心的贰臣，使他们感到羞愧啊。

朋友乙　（仰天大笑）好，说得好！（怒视豫让）想不到几日不见，你竟能口出如此妄语，想必是早已为敌所折服，倒在此消遣老夫！

豫让　（不动声色地）我相信你会理解我的。

朋友乙　（狠狠地）姓毕的，我本想与你们共商讨贼大业，不想世事难料，到头来只剩我孤家一人！你我兄弟一场，想不到今日却因此分道扬镳！（摇头）也罢，也罢！既然事已至此，休怪我不念旧日之情。（掏出佩玉）谦谦君子温润如玉，你既非君子，那就让这玉形同顽石吧！（将玉重重摔碎后，从右下）

豫让　（望着朋友离去的背影）再见。（低下头默默清理起碎玉）

【之后，豫让依旧装作乞讨的样子，等待并在听到喧哗声后躲进了桥边的草丛】

赵襄子　（只闻其声不见其人）在今日这等好天气出游，真是快哉！

【众侍从纷纷称是，紧接着传来了兵丁们的附和声】

豫让　（自言自语）想不到这赵襄子竟机警至斯！

【赵襄子骑马从左上】

赵襄子　你们瞧瞧这晋阳城的美景……哎呀！

【马匹猛然受惊，赵襄子跌下马来】

众侍从　快保护大人！（围在赵襄子身边）

【众兵丁也纷纷抽出兵器围在外围，许久后赵襄子缓缓说道】

赵襄子　我没事，无人来袭。（奇怪地）这畜生跟着我也颇有些年头了，为何在此时突然发难？（右手捻须）此事必有蹊跷……（一挥手）给我细细搜查！

【豫让长叹一声】

众侍从　有动静！

众兵丁　谁在此设计欲害我家主人？

赵襄子　（顿首）定是那人。（快步走向草丛）豫让，是你吗？

豫让　小人在此。

【众兵丁蜂拥而上夺下长剑，豫让不屑一顾】

众兵丁　大人，这奸贼在此，已被我等捉拿归案！

赵襄子　给他松绑。（直视豫让）你叫豫让，对吗？

豫让　大人竟能道出我这无名小辈的名号。

赵襄子　（叹气）这是那日我回到宫中向一位朋友询问时得知的。（稍作停顿）他和你可还颇有渊源呐。

豫让　敢问大人那人是谁？

赵襄子　（回头呼喊）出来吧，与老朋友叙叙旧也蛮不错的。

【一个人缓缓走上前来】

豫让　果然是你，果然是你……（双手颤抖）

朋友甲　（稍作犹豫）老朋友，别来无恙啊。

【一时间一片沉寂】

朋友甲　其实在上回造访时……（陷入沉默）

【豫让点头不语。赵襄子见状开口】

赵襄子　豫让，你说你身为人臣，理应为亡主报仇，这固然不假。可你不也曾在范氏及中行氏手下做过事吗？⑬当初智伯灭了他们两家，而你却不为他们报仇，这又是为何呢？你为什么前后言行相矛盾呢？

豫让　（朗声）范氏及中行氏只把我当作食客，我便像食客那样报答他们；但智伯却把我当做国士，所以我便像国士那样报答他。

赵襄子　（长叹一声）豫让啊豫让，你为智伯如此尽忠，德行足以令我尊称你一句豫子，但我上次赦免你也已经够了，今日我不会再放过你了！

【赵襄子下令包围豫让】

豫让　（面对赵襄子）我听说贤明的君主不会掩盖别人的美德，而忠臣理应为名节献身。上次大人已经宽恕过我，天下之人无不称赞您的贤明；今日之事我自难免一死，但小人心中仍有一愿，还望大人成全。

赵襄子　但说无妨。

豫让　我深知以我的本领是无法为智伯报仇了，所以我斗胆向您请求一个能让我死而无憾的机会：不知我可否得到您的衣服并劈刺它，以偿我复仇的心愿？

赵襄子　（长叹）此等心愿我怎能不与准许！来人！

【一名侍从取来赵襄子的一件长衣】

豫让　多谢大人！

朋友甲　毕兄弟！你……

豫让　（直视其友）只愿你今后尽享荣华富贵之时，有时能想起毕某人。（拔剑跳起，直劈长衣）毕某人从此无愧于智伯！（横剑自刎）

朋友甲　（快步上前扶住豫让）姬兄，你既甘为大义而死，我若再贪图个人的私欲，又有何等颜面与兄弟你在黄泉之下重逢？（夺剑自刎）⑭

【在场众人唏嘘不已】

赵襄子　（望向二人喃喃自语）天下义士竟至于斯！（良久后，领众人从右下）

【从远处依稀传来了小商小贩一如既往的叫卖声，似乎这里什么都没发生过】

——幕落·全剧终

写于 2017 年 3 月 2 日

注释

①公元前 453 年 3 月，韩氏、魏氏带领着两家亲兵趁智氏之卒不备，突然进攻，将智氏亲兵全部杀死，智瑶想夺路而逃，被最恨智氏的赵襄子带兵活捉后杀死。

②赵襄子将智瑶的首级雕刻上漆，当饮酒之首爵。

③晋出公是晋国当时的国君。

④赵襄子在眼看不敌智氏之时，私下里联络了韩、魏两族并成功策反了他们。

⑤曹沫是鲁国人，曾在鲁庄公处任职。齐鲁之战鲁国战败，曹沫便在齐鲁会盟后，手持匕首要挟齐桓公以求归还失地并最终成功；专诸是吴国人，受公子光（即吴王阖庐）之邀刺杀吴王僚，帮助后者夺取王位。

⑥智氏被灭后，晋出公大怒，向齐、鲁两国借兵讨伐三卿。韩、赵、魏三卿联手攻打晋出公，出公无力抵抗，只好被迫出逃，结果病死在路上。

⑦⑧⑪⑬事实如此。

⑨晋阳城是赵氏的封邑，也是决战的地点。

⑩韩康子是韩氏的首领。

⑫魏桓是魏氏的首领。

⑭纯属虚构。

李广之死 （全三幕）

人物表

李广：西汉名将。汉景帝时，先后任北部边域七郡的太守。汉武帝时，多次征战出击匈奴，被称为"飞将军"。

卫青：西汉名将。皇后卫子夫的弟弟，汉武帝时官至大司马、大将军。率部抗击匈奴，七战七胜。

公孙敖：西汉将领。曾与李广率兵出击匈奴，大败而归，废为庶人。因年轻时有恩于卫青，后来得到卫青提拔和照顾。

李敢：李广的小儿子，是霍去病的部下。

长史：隶属于卫青帐下。

将官：三人，卫青所率的将领。

兵士：三人，卫青的贴身侍卫。

亲兵甲：李广的贴身亲兵。

亲兵乙：李广的贴身亲兵。

兵士：四人，李广的贴身侍卫。

故事梗概

本剧以李广在漠北之战中迷失道路，率大军徒劳无功，因此愤愧自杀的历史事件为蓝本，描述了汉武帝时期卫青、李广、公孙敖三人之间的恩怨。公孙敖作为曾在刀下救出卫青的恩人，因之前战役中失败被贬为平民，卫青则在漠北之战中，尽可能提拔和照顾他。同时，在汉武帝直接授意下，年迈的李广无法得到卫青重用，导致了三人矛盾的爆发和李广自杀的悲剧。

第一幕

时间：汉元狩四年（前 119 年）

地点：漠北之战前线的卫青大营中

人物：卫青、李广、公孙敖、众将官、兵士

【漠北之战一触即发，卫青作最后的军事部署，李广被命令和右将军队伍合并，从东路出击。李广接命后，向卫青请求改派任务。在他的身边，站立着公孙敖等将官。营帐中一片肃杀之气】

卫青　（一身戎装，正襟危坐）李将军，率部出征吧。

【帐外传来报奏声，一名兵士从左边上，报告"霍将军已如期出兵"，卫青点头称是。兵士从右边退下】

卫青　李将军出征吧，改派断无可能。

【李广坚定地站住，双手一拱作礼，高过头顶】

李广　大将军，请容许我再做解释！（双眼抬起，看向卫青）

【卫青欲言又止，眉头紧锁，环视众将官，把目光投向李广】

卫青　讲吧。

李广　（放下双手，垂立两侧）我和右将军兵出东路，绕行沼泽和草地，路途很远。后续粮草接济不上，军心势必不稳。而且，匈奴军行踪不定，骑兵速度快，难以捕捉。

【卫青盯着李广双眼，听完这席话后，把目光投向帐外】

卫青　传令下去，各路军兵接到命令后，埋锅造饭，今夜三更出击，粮草接济五更出兵。有违军令者，立斩！

【传令兵从右边跑下，卫青整了整衣装，重新看着李广】

卫青　李将军（语气诚恳），东路是匈奴军软肋所在，他们缺乏战略，势不防护，正面交锋，我军没有全歼的把握。此时，就要依仗李将军，兵出东翼（稍微停顿）……战果是不言自明的。至于粮草接济，可取霍将军之法，就地解决，轻骑便装，不依重甲，路途远近之事自不存在。

李广　霍将军之法？轻骑便装？（面露疑惑）东路地势不明，如果无法就地解决粮草怎么办？没有重甲保护，我军势必伤亡大增。这是万万不可的战法！

【卫青轻轻摇头，嘴角露出一丝微笑，不再言语，把目光投向公孙敖、众将官】

公孙敖　老将军，军令已下，难不成让大将军收回成命？

李广　谁言我老？（回望身后转头寻声）谁言我老！

公孙敖　将军，不老（苦笑）。

李广　公孙将军，我与匈奴军争战七十余场，从不言老（把胸膛使劲挺挺），就是再战七十余场又如何？

公孙敖　将军，正是因为你征战有方，大将军才把右路重任交给你。

李广　（脸上透出不屑）轻骑便装，不依重甲，这样的兵士能担重任吗？

公孙敖　这是迂回纵深，必须做出的应对之举。持甲纵马，冲锋杀敌，都是重任。

李广　我是前将军，却让我做迂回纵深之举（眼睛偷望卫青）。公孙将军，这是什么重任？（转身面向卫青）大将军，李广身为前将军，理应冲锋在前，在头阵面对匈奴军，和单于决一死战。这是前将军的职责所在！

【卫青面色凝重，没有言语，公孙敖看到卫青的表情也不再说话】

李广　（略带哭腔）前将军不冲到最前面，这是何道理？前将军要绕路出兵，还叫前将军吗？

【帐营内鸦雀无声】

李广　大将军！（双眼含有泪水，盯着卫青）

公孙敖　（轻轻把手搭在李广的肩上）将军，不要如此。

【卫青紧闭嘴唇，双眼望向帐顶，一言不发】

长史　（从卫青的身旁走出）大将军帐下，军令不行，成何体统！李广将军，你是要违抗军令吗？

【卫青收回看向帐顶的目光。欲言又止】

李广　（愤怒地看着长史）李某平生以军令为重，从不违抗！

长史　（大声地）那还不领命出征？

【两人怒目而视】

李广　（低声地）小小长史……（双拳握紧）李某平生以军令为重，从、不、违、抗！

【卫青看向长史，挥身示意让他退回】

卫青　（语气坚定）今日之事，李将军求战心切，可以理解，并非违抗军令。

李广　（充满希望地看着卫青）大将军熟知我的为人，冲锋在前，李广毫无二言。

长史　（站在卫青的身后）大将军宽宏大量，李广将军不要执迷不悟。

公孙敖　（怒视长史）这里还有你说话的份吗？

长史　公孙将军，我身为大将军的领兵长史，为何不能说话？

公孙敖　这里不是内宫，这是大将军的营帐。（低声地）这里更不是禾绿夫人的舞台。

长史　公孙将军，此言何意？

卫青　公孙将军，大敌当前，说什么舞台？（转身长史）出兵之前，禾绿夫人特意派人送来羊肉劳军，一片赤心，卫青哪有不敢奋勇杀敌之理？

众将官　我当跟随大将军，誓杀匈奴！不胜不还！

卫青　好！大家依命准备吧！

【李广失望地看着卫青，固定不动。长史狠狠地盯着他，卫青眼神淡漠地看着他。公孙敖拉着他的胳膊往外走】

李广　（回走两步，猛然转头）大将军！（双手拱过头顶）李某19岁从军，任过七郡的边关太守，抗击匈奴，大战无数，战伤无数。平生渴望和单于正面交手，一决胜负，虽身死沙场在所不惜！请大将军成全我！

公孙敖 （对着李广双手拱过头顶）将军赤胆杀敌，名震天下！立功封侯，只在此战。

【李广望着卫青，满面泪水】

李广 李某此生难得有这样一个机会，能和匈奴军的主力正面交锋，我将亲手斩下匈奴单于的头颅！望大将军成全我！我感激不尽。

卫青 李将军不愧当世英豪！大战在即，不容闪失，军令已下，不容更改！请李将军领兵出征！我将亲率得胜之兵，与李将军会合在漠北深处，斩匈奴于马下，扬我大汉雄威。赳赳大汉，无往不胜！

众将官 （大声地）赳赳大汉，无往不胜！

长史 （故意延迟一下）赳赳大汉，无往不胜！

【众人望向长史。卫青不动声色，站起来双手拱向公孙敖、李广等人，目光坚定】

李广 实难从命。

卫青 即刻回营！

李广 大将军！

卫青 即刻回营！

【李广呆立片刻。缓慢转身，和众人一同从右边下。营帐里只留下卫青、公孙敖】

公孙敖 大将军，有幸跟随你中军杀敌，万死不辞！（双手拱向卫青）李老将军，他……唉！都这个岁数了，难以封侯，也是求战心切，只怨天运不济。

【卫青叹息一声，默默不语】

公孙敖 （走近两步）大将军，如果可行，我跟李老将军互换，我领兵出右路。

卫青 断无可能。

公孙敖 这是为何？李老将军难得这一次，他……可能认为今后再没有这样的机会了。

【公孙敖把期盼的目光投向卫青】

卫青　（语气柔和）公孙兄，还记得当年我牧马为奴，你在馆陶长公主的刀下救了我。后来，幸得皇上垂恩，让我立功封侯（向前两步走近公孙敖）。我们兄弟肝胆相照，相互照应，只可惜两年前你深入漠北……

公孙敖　（低下头惭愧地）是啊，因为延误军期，错过汇合霍将军的时间，没能尽数歼灭匈奴，这是死罪。（缓缓地）缴纳赎金，贬为平民。

卫青　（欲言又止。随后正色）跟随我中军出兵！公孙将军，杀敌当前，立功封侯，更待何时？！

【公孙敖使劲点头。咬紧牙关，双手拱过头顶】

公孙敖　感谢大将军……

卫青　（一挥右手，打断公孙敖）我等皆为汉人，并肩杀敌何分你我，哪来大将军，只有皇上！

公孙敖　是！只有皇上！恩谢皇上信任，随军征战，不能破敌，何来脸面得见皇上？何来脸面归家？

【卫青再次沉默，欲言又止】

公孙敖　（独自走到门口）大将军，李老将军的事……

卫青　军令已下，断无更改可能！你把长史叫进来。

【两人对视片刻。公孙敖转身从右边下】

卫青　（自言自语）皇上，卫青谨遵圣恩。李老将军，确实老了。

【长史从左上】

长史　大将军，有何吩咐？

卫青　你靠近我一下（挥手示意让长史走近）。兵出右路，轻骑便装，不依重甲，李广将军能否胜任此战？

长史　李广将军久经匈奴大战，但是运气实在不好，多次兵败，还被活捉。（低声地）他的小儿子李敢都已封侯，他都这么大岁数了，还是……唉！实在不是吉人啊。

卫青　（打断了他）他和右将军同时领兵，不会有什么失误。

长史　但是李广将军对轻骑便装，不依重甲的霍将军战法颇不以为然，当是固守陈旧战法所致。老了，他确实老了……

卫青　（神色一惊）李老将军，确实老了？谁说的？

长史　大将军，是属下所见所闻而已。

卫青　（稳定了神色）但愿此战李将军能一战封侯。你写好文书，催促他以军令行事，马上到右将军的营帐，合并出兵，不要贻误。李将军久经沙场，非我等所能相比，你身为长史，要小心对待李将军，切不可出言不逊。

长史　诺！（转身走到门口）

卫青　（突然想到什么）还有，（招手让长史回来）公孙将军是毫无城府之人，口无遮拦（双手拱向长史）。

【长史慌忙拱手还礼】

长史　大将军何来此言？公孙将军自是口误，禾绿夫人一向拜托大将军眷顾，凯旋时属下当秉理正道，向胞妹禾绿夫人讲明大将军的为人和战功。也请大将军向皇上、皇后美言……

145

卫青　（打断了他）我等俱是汉臣，自当忠心为上，内心公道无私，一切全由皇上赏赐和做主！

长史　谨奉大将军所言。

【长史拱手拜别，从右下】

卫青　（看向长史的背影，投以鄙视的目光）领兵长史，领兵长史……你杀过几个匈奴兵？

【营帐外，一声号角声蓦地传来】

——幕落

第二幕

时间：汉元狩四年（前119年），漠北之战打响的前夜

地点：李广的营帐

人物：李广、亲兵甲、亲兵乙、兵士

【在被卫青强令领兵与右将军合并出兵后，李广一直处于愤怒中。他返回营帐后，坐在案前，案上摆放着饭菜。亲兵数次上前提醒，李广都挥手让他走开】

亲兵甲　（走上前去）将军，就要出征了，你还不吃点儿东西？

【李广默不作声，闭上双眼，有一滴泪滑落脸颊】

亲兵乙　（走上前来）将军，我们跟随多年，从没见过将军如此伤心，究竟是何事？

【其他兵士都走上前来】

众兵士　将军，我们跟随你出生入死，从没有半点犹豫。请将军明示，有何事令你如此不快乐，我们前去讨个说法！

【李广睁开噙满泪水的双眼，望向众兵士默默无言】

众兵士　将军！

【营帐外传来报奏声，一名兵士从左上，手捧丝帛】

兵士　有报将军，大将军传军令，火速与右将军合兵，三更出兵，沿东路迂回漠北，与大将军汇合攻打匈奴大单于。

李广　（挥挥手）知道了。

【兵士从右下】

众兵士　走东路？

亲兵甲　东路尤人走过，不毛之路，风沙大，如何走得通？

亲兵乙　匈奴向导说，要带够粮草，大军行动笨重，极容易被袭击。

众兵士　为什么不让我们正面和匈奴决一死战！我们等待这一天很久了……

亲兵甲　不能走东路！

亲兵乙　走东路必死！

众兵士　将军！和匈奴大单于决战，只在今日！

【李广立起身子，一抬手把满案的饭菜掀翻在地。众兵士一下呆立不动】

李广　大将军的军令，谁敢不从？

【李广右手按剑，环视众兵士，满眼怒火】

李广　（大声地）李某平生以军令为重，从、不、违、抗！难道现在要让李某抗命？

【众兵士全部住嘴，一片沉寂。营帐外，号角声起。传来报奏声，一名兵士从左上】

兵士　（猛然看到营帐内的气氛吓得停在原地）将军……

李广　什么事？

【兵士看着众人，小步紧走来到李广面前】

兵士　将军，右将军来人，问我军……何时启程与他……合兵。

李广　还有其他事吗？

兵士　没有了。

李广　没有了？你说没有了？没、有、了！

【兵士看着李广严肃的面容，不知所措】

兵士　右……将军……的亲兵，还在外面，可……可以问他。

李广　（长叹一声）没有就没有吧。退下！

【兵士惊慌小跑，从左下】

李广　传令下去，起军，与右将军合兵。三更出兵，沿、东、路……沿东路、迂、回出击！贻误军情，斩！（转向亲兵甲）问清楚向导，定下东路行军路线。（转向亲兵乙）报奏右将军，我军即刻启程合兵。

【李广整理了一下甲衣，向营帐外走去。众兵士跟随来到营帐外】

李广　轻骑便装，丢掉重甲！（边说边把重甲脱下）

亲兵乙　将军，全军都是如此吗？

李广　轻骑便装，丢掉重甲！全军莫不如此！

【亲兵乙从右下。众兵士跟随。只有亲兵甲跑了几步，迟疑地回身来到李广身边】

亲兵甲　将军，我跟随你争战数十年，从没有这样出兵。失去重甲保护，我军如何生存？轻骑出击，没有粮草，将如何生存？这样的战法，如何战胜如狼似虎的匈奴军？

李广　（停下脚步。回头看着亲兵甲）这不是你应该想的事情吧？

亲兵甲　我……

李广　（缓和语气）我何尝不是如你所想？

亲兵甲　那么，将军……

李广　（打断了他）你跟我这么些年。你说说，我们靠什么打败匈奴？我们的马没有他们快，箭没有他们利，兵没有他们强，你能拉开十石强弓，如你一般的不过千人。你们都是我赖以打胜仗的根本！可是，让所有人都丢掉重甲的战法，平生没有遇到。

亲兵甲　这要是遇到敌军，不是白白送死吗？

李广　（迟疑了一下）你说，跟随我这么多年，说实话：我老了吗？

亲兵甲　将军，此言为何？

【李广长叹一声，踱了两步，仰面向天】

李广　你可知霍将军？他的战法和我们的不一样，全是胜仗。这是为什么？过去汉人打不过匈奴，大将军领兵后，却从没有败过，他们舅甥两个一脉相传，果真是在战法上胜过了我这个"飞将军"？还是汉人自有天命？难道是我老了？老了吗？看来真是老了！连这次领兵，皇上最初都不许我跟随。可我真没老！我这不是轻骑便装，丢掉重甲了吗？

【亲兵甲默然不语】

李广　大将军果然是天降大汉的帅才，从不失手，用兵如神，我佩服。大汉不能没有大将军！你说是这样吧？

亲兵甲　天下谁人不知"飞将军"的名号？

李广　都过去了！你快去寻找向导，带好队，路途遥远，地理不明，不能迷失道路。

亲兵甲　（行礼）诺！

【亲兵乙从左上】

亲兵乙　将军，大将军的长史大人来到，在辕门外等你。

李广　（不屑地）这个人来有何事？有无大将军手令？

亲兵乙　没有大将军手令。只有一封书信在此，说如果不能相见，请一定读完这封信，自然就会开启辕门见他。

【亲兵乙从怀中掏出一封丝帛递上。李广打开捆扎好的书信，片刻看完，神色有些疑惑】

亲兵乙　将军，是否传令打开辕门？

【李广再次阅读书信，眉头豁然打开，露出鄙夷之色】

李广　传令给长史，前将军李广重任在身，正在部署军机要务，无法辕门见驾，请长史自便。

亲兵甲　（担心地）将军，这可是大将军的长史。

李广　（转向亲兵乙）大战当前，为防敌患袭扰，没有大将军手令，辕门不能开启。

亲兵乙　（行礼）诺！

亲兵甲　（望向亲兵乙离去的方向）长史，这个长史，为何私来将军军营？

李广　蝇苟小人（把书信递给亲兵甲，又感到不妥，急忙索回）。竟然让我构陷大将军……传令下去，随我出征！

亲兵甲　（行礼）诺！

【辕门外传来马嘶，长史一行人自行离去】

149

——幕落

第三幕

时间：汉元狩四年（前119年），漠北之战结束后

地点：李广的营帐

人物：李广、李敢、公孙敖、长史、亲兵甲、亲兵乙、众兵士

【李广和右将军出东路，因向导失误，迷失道路，没有完成与卫青主力汇合。卫青大战匈奴险胜，因兵力没有形成压倒性优势，错失活捉单于的机会。卫青派长史到李广营帐中质询】

李广　（坐在营帐中央）请长史入帐。

【长史从左上】

长史　李广将军，大将军赏赐来的酒肉已在帐外。真是羡慕将军，未损一兵一卒，得到如此厚赏。

亲兵甲　你……

李广　长史大人这是话中有话。（恼怒地）未经一战，当然未损一兵一卒。

长史　所以说，李广将军运气真好！真是难得，路上难不成没遇到一个匈奴兵？怎么也杀上一两个吧，总不能大军枉跑个来回，这又不是漠北的一次阅兵。

李广　（高声地）酒肉自然是赏给有功之军，请回复大将军，李某不敢敬受。

长史　（嘲笑地）这可不是我长史敢回复的。还是请李广将军收下吧，让你的兵士也尝尝胜利的滋味。

亲兵甲　向导失误，迷失道路，非我等所能左右。

亲兵乙　如果不是绕行东路，道路迂回，我们也能取得胜利，匈奴小贼早就是刀下鬼！

众兵士　赳赳汉人，无往不胜！

【长史环视众人，面露鄙夷之色】

长史　我大汉发兵十万，纵横漠北，杀敌无数，大将军对战匈奴单于，箭矢如雨，刀枪如林，数万汉人英勇赴死，何尝眨过一下眼睛。激战之余，黑风突袭，上天垂幸大将军，风卷单于大军，沙石走天，天兵天将受我大汉将士感召，下界助大汉一臂之力。军士上下同心，无不奋勇，单于败退而逃，一去数百里，大将军率全军壮士逐匈漠北，胜利之势无可阻挡，三军将士无不欢声雷动！（提高声音）请问李广将军，你当时在何处？

李广　（哑然失声。停顿良久）迷失道路。

长史　以李广将军英名，率军漠北，竟然向导失误，迷失道路。可惜可叹！可惜的是数万大汉将士，随你徒劳往返，空费军粮；可叹大将军谋略惊人，胜算在握，本应擒获大单于，献俘于京。李广将军，你说是这样吧？

【李广眼中含泪，正衣襟而立，双手拱向长史】

李广　大人，李某百语难言！所有罪责由我承担。将士用命，都想立功，他们没有罪过。请回吧。改日，我当到大将军营帐陈说缘由。

【众兵士有的怒目而视，有的低头羞愧无语】

李广　大人，请回吧。

长史　且慢让我走。李广将军，我本次前来，还有大将军让捎来的一句话，（冷笑）不知道你当听不当听？

李广　请大人明示。

长史　（原地转身，环视四周）居然连个座位也不赏赐吗？

李广　请入席！

【亲兵甲搬来案几，亲兵乙把一个帛毯放在案下。长史坐下】

长史　奉大将军令，特来询问李广将军误期会合，错失军机之事。（一挥手示意门外兵士拿上笔墨）大将军筹划上书皇上，报告战役失机没有斩获匈奴大单于一事。

李广　（喃喃自语）莫非是李某贻误所致？

长史　（冷笑）难道不是？

李广　这是大将军所言？

长史　何须大将军所言！

李广　既然不是大将军所说，大人何出此言？

长史　本人猜测定是这样。何况大将军在我临行前，特意让我质询李广将军一事，为何战前出兵，不到大将军营帐辞别？

李广　既已领命，据汉军惯制，非大将军本人亲临，战前辕门不得开启。何况战机紧急，因此不曾向大将军辞别。

长史　（冷笑）好一个汉军惯制！我要问你，据汉军惯制，误了军机，不能如期汇合主力，放跑大单于，这是何罪？

亲兵甲　（怒目而视，走向前一步）大人，难道如期会合，就一定抓到大单于了？

长史　（大声地）放肆，你是何人？我现在是大将军使者，在审问李广将军贻误军情之事，何来小兵丁胡言乱语！来人，把他打出门外，待命问罪。

【门外冲进两个兵士，押送亲兵甲从右下。李广欲出言制止，终究失神落魄地坐下】

长史　都说李广将军治军有方，军纪严明，却不料军营帐中还有狂妄兵丁，眼里没有领兵长史可以，难道也没有大将军？

李广　（缓过神来）大人，小兵不知深浅，可凭大人发落。不过，我是前将军，有权处置属下无理之举。来人，把刚才的小子拉到后营，给我打20军鞭。

【李广的兵士冲出去，与刚才押送亲兵甲的长史侍卫发生冲突。撕扯声传进营帐】

长史　（侧头细听片刻，大声对外喊）把那个小子交给李广将军发落。

【撕扯声渐停】

长史　李广将军，现在能解释一下贻误军情之事吗？

李广　……

长史　大将军还等回信!

李广　……

长史　为何迷失道路?

【李广长叹一声。站起身来,缓步走到长史面前。目光如炬,脸色冷峻。长史被惊得站了起来,直视李广】

亲兵乙　将军!

众兵士　我等无罪!

亲兵乙　我等无罪!

【沉默片刻,众兵士突然躁动起来,相互窃窃私语】

亲兵乙　李将军无罪!

众兵士　李将军无罪!

【长史脸色铁青,面对众人,伸手指向众人】

长史　你们这些小子,胆敢喧嚣,知道我……我是谁? 我是大将军使者! 你们……想干什么? (转向李广) 其实,李将军,你的罪不过是别人强加给你的。我当然知道! 前将军兵出东路打侧翼,这实在是不可想象的。这个账不应算在你身上。自然是有人承担。所以你照实说来,我如实来记,又有什么不能解决的呢?

李广　大人,我不知道你在说什么? 虽然我愤恨没有机会立功,但是从来不会推脱责任,大将军战法超群,是我大汉所依赖的,我自有主张,会亲自到大将军帐下谢罪。容我准备一下,马上随你前往。(稍作停顿,环视周围) 你们这些人,懂不懂军纪,枉我带你们这么多年。都给我下去! 一个不许留下。

【众兵士从右退下。亲兵乙欲走还止,回头看看李广,扭头而下】

长史　将军果然治军有方,一语既出,无人不敢不从。(突然发现李广脸色不对,就转换语气) 李广将军,那我就在帐外等你了。

【长史从右下】

李广　(拱起双手行礼,目送长史离开。) 难道这是天命?

【呆立许久。帐外传来兵士的声音"三将军辕门等候"。李广没有应声,一个兵士从左上】

兵士　将军,"三将军"在辕门外等候晋见。

李广　不见!传令李敢,让我儿李敢,立刻回营,跟随霍将军班师回京,领功受赏。

兵士　(微作迟疑,行礼)诺!

【帐外传来长史的声音,"给你们家李将军说,大将军不能等太久"】

李广　(坐在营帐中央,一片昏暗。)我平生大小70余战,想我大汉朝,无人能有这样经历。为何年轻如我儿李敢者都已封侯,而我没有?想当年上郡一战,我射杀匈奴射雕神箭手,以100人面对数千匈奴骑兵,布下疑阵,匈奴闻风而不敢乱动,对峙到半夜而逃。想当年漠南一战,我失去张骞援助,孤军面对数十万匈奴战骑,以强弓硬弩压住阵脚,激战一天一夜,最终全身而退。只是悔不该坑杀降兵数百,难道那样的罪过,经过这么多战功也无法弥补?噩运就这样伴随我一生?现在这个长史,想借此事构陷大将军,难道让我罪上加罪吗?我断不能作这种无耻举动!

【此时,帐外传来兵士的声音"公孙将军辕门等候"。李广没有应声,一个兵士从左上】

兵士　将军,公孙将军在辕门外等候晋见。

李广　不见!传令,不!回命公孙将军,前将军李广即刻起身,前往大将军营帐谢罪。

兵士　(微作迟疑,行礼)诺!

【帐外传来长史的声音,"给你们家李将军说,大将军不能等太久"】

李广　(缓缓立起,打开营帐帐帘走出门来)长史大人,我随你走。

【亲兵乙和众兵士围上来,"将军,你无罪"】

长史　李广将军,走吧。大将军不能等太久!

李广　长史大人,容我给他们说几句,他们毕竟跟随我多年。

长史　那好吧。

李广　（环视众人）大汉的壮士们，跟随我多年，百死一生，我没有让你们立功封赏，如今要跟着我领罪，这是我的错啊！（人群中传来哭声）有机会，我真想和你们好好喝上几杯庆功酒。现在看来不行了！但是，大汉男儿从不哭泣，擦干眼泪。今后要跟随大将军杀敌立功！都不能当逃兵！（转过头来冲向长史）长史大人，他们都没有罪过，追究罪责也追不到他们，全是我的责任！我们走吧？

【公孙敖从左上】

公孙敖　李将军，且慢！（转向长史）你这个小子，大将军说过要让李将军接受质问了吗？

长史　大将军正给皇上写信，上报情况，只有这桩贻误军情的事还没说清楚。

公孙敖　大将军没有说李将军贻误军情，只说调查缘由。你这个小子，为何如此行事？难道忘记大将军对你的警告？

长史　公孙将军，你张嘴闭嘴小子小子的，置大将军的长史面目于何地？还有，公孙将军真健忘！不要说对我没有什么警告，就是有，你难道能听到？我只奇怪的是，难道大将军战前的密告你竟然忘记了？

公孙敖　你……你什么意思？什么密告？

长史　（哈哈大笑）没有密告，何来前将军迂回绕远，兵出东路。你受贬两年的中护军，凭什么跟随大将军兵出中路？盼着立功吧？

公孙敖　（愤怒地）你居然偷听我和大将军的话？

长史　让前将军打侧翼，让贬为平民的戴罪之人拿唾手可得的战功，难道我回京后，鼻子下面就没有一张嘴吗？公孙将军，你说是吧？

李广　（漠然地）公孙将军，不知道你来这里做什么？难道是为了炫耀你的战功？

公孙敖　（转向李广）大将军自然会为你开脱罪责。李将军，我特意前来告诉你，无论何时面见大将军，你的所言要谨慎万千，不要让人利用（眼睛转向长史）。

长史　　（大笑）谁能利用得了李广将军？谁能扳得动大将军？皇上正宠爱卫皇后，禾绿夫人也备受宠爱。难道就不允许禾绿夫人也跟着鸡犬升天？

公孙敖　我早就料到，你有如此一举！

李广　　（表情漠然）公孙将军，长史大人，你们所说我全然不懂。我只知道，大汉离不了大将军！我老了，何去何从全凭大将军发落，让我去独自领受惩罚吧。

长史　　李广将军，不要忘记，你为什么迷失道路。

公孙敖　一个小小长史利诱堂堂将军？构陷大将军？谁给你的胆子？

长史　　李将军所言我已牢记在心，回京后自然有话要说。

公孙敖　（冷笑）长史大人，既然如此，那我只能告诉你，这次李广将军不能正面冲杀，实为皇上在临行前给大将军的诏令。这是大将军亲口所告！如果你非要以此构陷大将军，自找苦头！

长史　　（惊异地）皇上诏令？（冷笑）皇上怎么会下这样的诏令？

【公孙敖冷笑不语】

李广　　公孙将军，此言属实？

公孙敖　当然属实！以大将军的仁厚，如果没有皇上亲令，何来此令？

李广　　皇上亲令？皇上亲令！我明白了，李某确实老了，应该是我告别的时候了！想我李广最后一战落得如此下场，这都是天意！（指向长史）我60多岁了，还要受你们这些刀笔小吏的污辱！真是岂有此理。大将军！我去了！佑我大汉江山全赖大将军啦！

【李广迅速拔出宝剑抹向脖子。众人惊呼之际，李广已然倒地。】

公孙敖　李将军！（冲上前抱起李广）

亲兵乙　将军（冲上去抱住李广），将军！

众兵士　将军！

【亲兵甲从左上，几步冲到李广身前】

亲兵甲　将军！

【李广慢慢睁开眼，脸上露出惨笑】

亲兵甲　跟随将军多年，得罪小小长史，幸得将军所助，没有加害。今随将军而去!

【亲兵甲迅速抽出剑来抹向脖子,倒在李广身边。众兵士救助不及,纷纷惊呼】

长史　（冷笑）原来李广将军就是这样军法处置,实为抗法!

亲兵乙　（怒目而视）你说什么?

长史　（走上辕门处的高台。大声地）罪将李广贻误军机,不受大将军节制,抗命自杀。

【一支箭从背后射来,长史一声惨叫倒地,吃力地抬起身查看】

李敢　刀笔小吏污我大汉将军,死罪!

【李敢从右边上,挥刀刺进长史胸前。公孙敖制止不及】

公孙敖　大将军的长史,你岂能杀了?

李敢　我父又是何人所杀!

【李敢冲向李广,抱起冰冷的尸体。长啸一声……】

李敢　卫青!杀父之仇,你如何来还!?

【大幕全黑】

【大幕全明。霍去病的墓前,游人争相拜祭,人头攒动。相隔不远的卫青墓前,游人稀少,设施陈旧。】

——幕落·全剧终

写于 2017 年 5 月 22 日

一个和一群 (独幕)

人物表

作家甲：编故事的人。

作家乙：听故事的人。

主角：毫不起眼的 J 市市民。

秃头：J 市曾经的老大的手下。

瘸子：J 市曾经的老大。

戴高帽子的：J 市的老大。

穿皮大衣的：J 市老大的下属。

戴帽子的：戴高帽子的七八个手下。

穿大衣的：穿皮大衣的三四个手下。

疯子：精神病院的。

医生：精神病院的。

护士：精神病院的。

故事梗概

"这是个彻头彻尾的闹剧。"两位作家如是说，"人人皆主演，人人皆
观众。"

【灯光昏暗】

【在一个小房间里两个长相完全一致的人面对面坐在一起】

作家甲　我们是谁?

作家乙　我们是作家!

作家甲　我们作家要干什么?

作家乙　我们作家要追求创作!

作家甲　很好。我今天想给你讲个故事听。

作家乙　这讲故事中间可大有门道啊!

作家甲　可不是吗?依我来看,那些地上和地下的家伙没一个写过真正的故事!(起身)什么古典主义、浪漫主义、自然主义、现实主义、批判现实主义、魔幻现实主义,这些都不值一提!什么莫里哀、雪莱、左拉、狄更斯、果戈理、马尔克斯,这些也都不值一提!要我说呀,那以后的教科书只写上我一个人的名字就够啦!(坐下)

作家乙　呦!朋友,你这么说可就大错特错了!

作家甲　这可不见得!(又起身)谁说永恒不能等于四十二?谁说子弹不能再飞一会儿?什么批判、什么浪漫,我看都是荒谬!(重又坐下)荒谬至上!

作家乙　行,就算你说的有道理。(伸手)拿给我看看。

作家甲　什么?

作家乙　你的故事啊!

作家甲　你听着就是了!(起身走向舞台一侧)这是个彻头彻尾的闹剧。

【作家乙也跟过去，灯光渐暗】

【灯光亮起。一人身着长衣打量着四周，见另一人上来就赶紧藏在了一根柱子后】

主角　大事不好，大事不好啊！

【一声响指后，主角的动作突然定住，灯光也随之变暗。此时作家甲、作家乙两人上前】

作家甲　这就是我的主角。

作家乙　他干什么的？

作家甲　你管那么多干吗？这可是个荒谬的闹剧。

【作家甲、作家乙两人走回原先的位置。一声响指后，灯光亮起，人物动作也恢复如常】

主角　昨天我对一姑娘说了几句胡话，谁承想就被穿皮大衣的手下给逮了啊！

作家乙　停！

【灯光再度变暗，人物再度定住。作家乙走上前】

作家乙　穿皮大衣的是谁？

作家甲　我哪儿知道？

作家乙　那你讲的这叫啥故事？

作家甲　这不重要！重要的是荒谬。

作家乙　我看你就够荒谬的了！（摇着头走回去）接着说吧。

【一切重又恢复原样】

主角　各位啊，还有更糟的呢——她今儿早可是想不开投了河啊！（面对台下）你们猜她是谁？哎哟喂，是那位戴高帽子的家里的姑娘！大伙知道戴高帽子的是谁吧？他可是这 J 市的老大！（踱步）我什么世面没见过，（指向两位作家的方向）还贵为这位口中的主角，今天怕是要折在这儿了！（面对台下）你们问为什么？戴高帽子的前几天去 N 市见什么大人物，偏巧就定在今儿中午赶回来！他要是知道了，还不得把我这张人皮给扒下来！（叹气，踱步）

【穿皮大衣的上，后面跟着几个下属】

穿皮大衣的　你们几个都给我听好了！（指指点点）我……

作家甲　这位就是穿皮大衣的！

【穿皮大衣的猛地住嘴还开始左右观望】

作家乙　看这样子就不像个善茬。

作家甲　你还真就猜对了！

穿皮大衣的　（静候片刻）刚才是谁在说话？

穿大衣的　不知道。

穿皮大衣的　你们真是群废物！（摇头）这戴高帽子的马上就来了，你们这个样子怎么能让我放心？昨天那小流氓要是赶今天再来，我还不得叫你们给整死！

穿大衣的　对不起，老大。

穿皮大衣的　道歉有什么用！（略作停顿）你们都跟了我这么多年了，也都明白我要求不多。今天，我也就有一点（晃晃手指）：看住那批坏蛋，都让他们老实点！

作家乙　（小声）什么坏蛋？你倒是说清楚点啊。

作家甲　你别打断我！（看看台上）还好他没听见。

穿大衣的　可是，老大，那……那坏蛋都长啥样？

穿皮大衣的　（一时语塞）这个……这个……（左右环顾时看见主角）看看你们这帮家伙！（指着主角）你们是瞎还是傻，恁大个人儿愣是没一个看见！别整天只顾盯着自家婆娘的……婆娘的……

作家乙　你倒是说啊！

作家甲　再往下我就不好意思说了……

作家乙　你呀！你呀！（叹气）

穿大衣的　老大，你要说什么？

穿皮大衣的　我……没什么没什么！（瞪众人一眼）瞧瞧你们干的好事儿！

【穿皮大衣的径直朝主角走去，穿大衣的见状只得跟上】

穿皮大衣的　你！干吗的？

穿大衣的　说啊！说啊！

主角　我……我……

穿皮大衣的　（上前一步）是不是大坏蛋？

穿大衣的　不说就跟我们走一趟！

作家乙　（走到穿皮大衣的跟前）有你这么问的吗？

众人　（围过来）那……那怎么问？

作家乙　你得问他是不是来过啊！哎……（长叹一身转身走开）你就这么讲故事？

作家甲　你好好听你的故事！编故事是我的事儿。

作家乙　行行，随你，随你！

穿皮大衣的　（挠头）他说的好像是挺有道理啊……

穿大衣的、主角　好像是啊。

穿皮大衣的　那我们就重新来一遍好了。（面向主角）抱歉，耽误您的时间了。

主角　没关系，没关系，我能理解。这不是在编故事嘛。

【几人又站回到原先的位置】

穿皮大衣的　（上前一步）你是不是来过这儿？

穿大衣的　不说就跟我们走一趟！

主角　我……（眉毛一扬）你这是什么态度哇？（整整衣领）

穿皮大衣的　我××问你话呢！

作家乙　你这个"××"是什么啊？

作家甲　那你觉得我骂人好吗？

作家乙　也是啊……

主角　大伙都是道上混的，总得讲究点儿不是？（穿皮大衣的听罢，退后一步）各位既是为了戴高帽子的兴师动众，那可就和我这主角有点儿关系了。（笑）

穿皮大衣的、穿大衣的　那你是……

主角　（顿一顿）戴高帽子的女婿！

【穿皮大衣的大惊，穿大衣的点点头。柱子后的那人探出头看一眼，又缩了回去】

作家乙　这又是谁啊？

作家甲　你后来就知道了。绝对重磅！

穿皮大衣的　（抢上前一步握住主角的手）小辈该死！小辈有眼无珠！（下意识低头后，急忙松手）我……（转身指向穿大衣的）都是他们几个混账东西硬说您是坏蛋，（穿大衣的　我们没有……）我这才……我这不也是为了工作嘛……

主角　（笑）那你这工作态度可得好好改改啊。

穿皮大衣的　（面露惊惶）那是，那是。头儿，我……

主角　算了算了，就当我是大人不记小人过。可没有下次喽。（笑）

穿皮大衣的　（忙不迭地）那是那是！改，一定改！

【主角点点头打算离开，却被穿皮大衣的叫住】

穿皮大衣的　（点头哈腰的）您既然身为戴高帽子的乘龙快婿，消息想来比我们这帮家伙灵通得多，不知可否……

主角　哪有什么消息？下，下次再说吧！（急忙要走）

穿皮大衣的　（连忙绕到主角身前）算我求您的了！（两个穿大衣的见状跑下场）您看我在这小地方也憋屈大半辈子了，大人物是见过不少，在手下面前也够威风，可眼看着是没什么出路啊！（那两个穿大衣的抬着把椅子飞奔而上，并把椅子放在主角身后）我有个傻儿子，小的时候生了重病，多亏了瘸子先生……

作家乙　瘸子先生？我说你能不能认真一点儿？

作家甲　要不然我叫啥？大瘸子？大瘸子先生？您老就少给我挑点儿刺儿吧！

穿皮大衣的　……给请了外地的名医才治好的，可惜自打那时候起，脑子就不顶用了，我就这一个儿子啊！孩儿他妈也在家里待不住，就跟着个大

秃瓢跑了哇！您就当可怜可怜苦命人，可怜可怜我父子俩，给施舍条升官发财的明路吧！（搀着主角坐下）算我求您的了！

主角　我……那我就说一点吧。（双手搭在腿上坐得笔直）

穿皮大衣的、穿大衣的　我们洗耳恭听！

主角　嗯……千万别招惹年轻漂亮的人，省得给自己惹麻烦！（起身欲走）

穿皮大衣的　您别走哇！（奔到主角身前）您可否说得更明白一点？

穿大衣的　是啊，这是为什么呢？

【说话间，一人戴礼帽上】

主角　这个……这个……（左右环顾时看见那人）你们不是要抓大坏蛋吗？（指着那人）你们是瞎，还是傻？

【穿皮大衣的连忙带穿大衣的奔去。主角在旁默默注视】

穿皮大衣的　对不起，先生，本站今天暂停售票。

秃头　我就来这转转，怎么了？

穿皮大衣的　（上前一步）那你得见我们头儿去。

秃头　（面有愠色）见就见！我倒要看看是哪路货色？

【穿皮大衣的回头发觉主角已经走下台】

穿皮大衣的　（把主角拉回来）头儿，那人要见您！

秃头　（见到主角不怒反笑）是你这家伙？（摸摸礼帽）还穿学校里的那身儿啊。

主角　秃……秃大哥？！

【秃头把主角拉到一边。穿皮大衣的见状带人退到一边】

穿皮大衣的　（看见作家乙）您觉得这个安排如何？

作家乙　不得不说，还真有点儿意思。当然，那个称呼除外。

穿皮大衣的　是啊，我们的大作家可真会偷懒。

作家甲　你们能不能严肃点儿！这可是个荒谬的闹剧！

穿大衣的　我们看出来了。

【作家甲摇摇头】

秃头　（沉下脸来）你小子竟敢在太岁头上动土？

主角　（哭丧着脸）我这也是为了保命迫不得已啊……（两人耳语）

秃头　原来如此！我保你一命就是。你清楚事后该干吗，对吧？（笑）

穿皮大衣的　（看向穿大衣的）该咱上场了！

作家乙　（看向作家甲并张开双臂）为什么他们都知道剧情的走向啊？！

【作家甲还未答话，穿皮大衣的等人重新上场】

穿皮大衣的　（试探地）头儿，这位先生是……

秃头　（摸一下礼帽）戴高帽子的副官！

【柱子后的那人探出头看一眼又缩了回去】

穿皮大衣的　哎呀！哎呀呀！（拍两下头）小辈眼拙，小辈眼拙！早先就听说过您的功绩，小人我真是久仰大名啊！（作揖）

穿大衣的　（同时行礼，异口同声）头儿好！（同时礼毕）

【秃头默不作声地朝椅子的方向跨出一步，主角见状急忙把椅子搬来】

秃头　（坐下后，双臂搭在椅子扶手上）这主角都给你们讲了啥？

穿皮大衣的、穿大衣的　他教导我们别勾引漂亮的人！

秃头　什么东西！（瞪一眼主角，右手猛击扶手一下）别听这人胡诌，他们整天就只惦记着给自己……给自己找乐子！

【主角难堪地笑笑，其他人大气都不敢出】

秃头　他们的话，咱就当是放屁，漂亮的人咱就见一个抢一个！这才像话！今天我在这就说一点儿：千万别给自己的上头找麻烦！有你受罪的！这才像是句人话！（看向主角）你说是不是？

穿皮大衣的　那是那是，头儿的教训小辈永远记在心里！

【说话间一人拄拐上被主角看见】

主角　那又是谁啊？（戳戳秃头）

【秃头刚想发作时无意瞥见那人，不由得脸色大变】

秃头　（拉住主角）走，咱赶快走！

穿皮大衣的　（满脸谀笑）头儿，这一席话真是受用，直胜我苦读十年圣贤书啊！不知头儿还有何高见，可否与我们……

秃头　你滚！没空跟你唠嗑！

【瘸子听见动静，不紧不慢地走了过来，认出秃头后立马疾走而来】

作家乙　这又是谁啊？

作家甲　别着急，待会儿有你的好戏看！

穿皮大衣的　头儿，我求您了！（抱住秃头大腿）您的至理名言让小辈欲罢不能啊！

秃头　（甩开穿皮大衣的）我叫你滚！

主角　（小声地）秃大哥，他，他过来了……

秃头　（抬头看向瘸子）我是撞枪口上了……（摸摸礼帽）

瘸子　（直视秃头）我找你找得多苦，你知道吗？（左手放在腰间）

秃头　那个……看在兄弟一场的份上……

瘸子　（左手一把揪住秃头的衣领）死秃瓢，你还有脸站在我面前说这话！想当年你在前线一声不吭就跑了路，却让老子给你收拾！（右手抓住秃头的礼帽扔到台下后，把他推倒）我现在就毙了你！（左手放在腰间）

【穿皮大衣的一怔，随后恶狠狠地盯着秃头的头】

作家乙　这帽子就这么扔了？他不要了我还想要呢！（跑到台下）对不起，借过一下，谢谢，谢谢。（捡起礼帽跑回来）这可还真是大手笔！

作家甲　您老的夸奖我可担当不起！

秃头　（双手抱住秃头）我不也是为了咱们着想吗？大帅饶命！

主角　（跑到两位作家的面前）我该怎么办？

作家甲　嗯……我还没想好呢……

主角　那你叫我怎么办？现在可是在编故事呐！

作家甲　你……你……你自己看着办吧！

主角　那……（突然间大喊一声）我说戴高帽子的，咱可都是自家人！

【瘸子一怔，穿皮大衣的大惊，柱子后的那人此刻探出头来盯着场上众人】

穿皮大衣的　您，您，您就是戴高帽子的？！（咚地一声跪下）我……我就是听着您的英雄事迹长大的呀！我，今天见您……我……（磕起头来）

穿大衣的　（一同下跪，齐声称颂）高帽头儿好！（磕起头来）

【瘸子傻在原地，主角和秃头见状连忙把他拉到一边解释】

瘸子　（惊呼）高帽子……戴高帽子的要到了？

主角、秃头　这还能有假？

瘸子　那还扯什么闲篇子，快跑啊！

秃头　您不是还有枪吗，（指指前者腰间）我知道您见了他有点儿发怵，但是，但是，但是逃跑也太丢人了啊……

瘸子　亏你还知道！（叹气）老子早就没那么威风啦！要不然，就是不算这戴高帽子的，那帮家伙也得撺掇着一帮娃娃兵来打我啦！（掀开腰间的衣服）刚才那是装的！

【一阵沉寂。忙于磕头的人们和忙于逃命的人们都没有注意到柱子后的那人】

主角　（半晌后）我觉得，您要是假扮成戴高帽子的……

瘸子　想都别想！秃头，最初确实是我抢了你的姨太太，对你不住，可你后来不也扯回来了吗？你休想到现在这么害我！

秃头　可这是我们唯一的办法！要不然等戴高帽子的到了站，咱仨都得完蛋！（凑到瘸子的耳边）反正她也是我随手顺来的，您大可不必在意？

主角　您放心就是了，想当年我在……

秃头　哼，你现在不还是在这？有穿成你这样的小混混吗！

【主角沉默无语，瘸子低头沉吟】

作家乙　你这故事还真是又长又无聊啊……我先睡会儿了。

瘸子　那好，那好……去你的！

【几人走了回来，看见穿皮大衣的几人仍在磕头】

瘸子　都起来吧！一帮没骨头的！

【众人慢悠悠地爬起来，那二人则一左一右搀着瘸子坐下】

瘸子　（正想开口时瞧见柱子后的那人）你干嘛的？

【穿皮大衣的急忙上前揪住那人，那人丝毫没有反抗】

秃头　依我看就把他杀了算了，竟敢在我们戴高帽子的面前捣乱！（指着那人）

主角　（摆摆手）放了他算了，大家都不容易。

穿皮大衣的　是啊，是啊，这人我也见过很多次了，像是……（指指头）没错。

瘸子　（沉吟片刻）好吧，那就别让我再看见他！

【穿皮大衣的把那人带下场，其间还绊了作家乙一下】

作家乙　哦！谁踢了我一脚……你编完了吗？

作家甲　快了，快了。你可听好了，下面就是我最满意的段落！

瘸子　谁在这多嘴？

作家甲　听听，他要开始耍威风了！我们最好还是别惹他为好。

瘸子　（双臂搭在椅子扶手上且背靠椅背）故事都编到这儿了，你们觉得怎样？

众人　当然是编得极好了！

瘸子　是啊。可是总有些批评家和观众不知道是吃了什么熊心豹子胆，竟然在我的故事里挑起刺儿来了？他们也不想想，要是没有我，他们能有这故事听吗？这是什么道理啊？我们这教科书级别的大作家能糊弄你们吗？这还用说吗？

【穿皮大衣的再次跪地，穿大衣的见状也跟着跪地】

作家乙　老兄啊，你这脸皮还真厚得可以啊。

作家甲　哪有哪有，一般一般！

穿皮大衣的　戴高帽子的头儿所言极是！我们一定记在心里！

瘸子　（连忙摆手阻止）别，千万别！我虽说不是你们所言的头儿……

【主角赶紧上去捂瘸子的嘴，但为时已晚】

作家乙　可以啊老兄，你这个巧合还就真只是个巧合啊！

作家甲　什么叫荒谬？这才是荒谬！

穿皮大衣的　什……什么？您说……

穿大衣的　（异口同声地）他不是戴高帽子的，他不是戴高帽子的！

【穿皮大衣的再一次打量着三人】

穿皮大衣的　你们到底是谁……戴高帽子的又在哪？！（看着瘸子）你难道是……

【瘸子正想溜走，突然被一个冲上场的人摁住】

一个戴帽子的　不许动！

【这人摁住瘸子后，又有几个戴帽子的冲了过来】

另一个戴帽子的　（朝天开一枪）都给我老实点儿！

穿皮大衣的　你们……你们又是谁？

【没人答话。在控制住现场局势后，一个穿着大衣、戴着高帽的人走了过来】

穿皮大衣的　（双膝跪地）你难道是……

戴高帽子的　你清楚我是什么人。

瘸子　（颤抖着伸出手）真的是你……你……

戴高帽子的　（转身看着瘸子）老瘸子，好久不见哇。

瘸子　（抛下拐杖）你等着！我迟早还会再杀回来？

戴高帽子的　休想！（拔枪）你给我记住，现在是第十四年，不是第一年……

瘸子　你等等。"第一年"是什么？"第十四年"是什么？（看向众人）你们明白吗？（见众人摇头，便向前跨上几步）这台词儿有问题！走，咱们问问去！

【众人向着两位作家走去】

瘸子　我说你写得这是什么？

作家甲　你讲究这么多干什么？

戴高帽子的　你这么说可就不对了！你可是作家，你是要对自己的创作负责的！

作家甲　我才不管这么多！这才叫荒谬，懂吗？你们懂吗？

秃头　先生，你这样就太不像话了！

穿皮大衣的　我看你就是写不出什么东西才在这儿胡诌的！

主角　别吵了！（顿一顿）我不演了。

作家乙　别呀，这故事还没完呢。（握住主角的手）咱就凑合凑合得了！

主角　（甩开前者的手）你再怎么求情也没用！（向前走几步）不是我故意刁难，但你编的这是个什么故事啊？（转过身来）古典不古典，先锋不先锋，你这闹得是哪一出啊？斯坦尼、梅兰芳、布莱希特你都忘了吗？你说说你……

作家甲　你要走就走！横挑鼻子竖挑眼地在这儿装神弄鬼，你以为故事是这么好编的啊！来来来，你编，我倒要看看你能编出个啥？

【一阵沉默】

作家甲　啥叫时间锁？啥叫戏剧冲突？这用你来教啊！我是作家，你就是我幻想出来的人物，我让你干啥，你就该干啥！这不满意那不满意，你们还想怎么样？

【还是一阵沉默】

作家甲　我就想痛痛快快地编个故事，怎么就不行呢？

【依旧是沉默。许久后，作家乙拍拍前者肩头】

作家乙　我明白。（看向众人）大家都散了吧。

【除了主角外的众人走回原先的位置】

主角　可没有下次了。（转身要走）

作家乙　你等等。下面的故事就让我来编吧。

作家甲　你知道我想说什么吗？

作家乙　你就放心好了。（笑笑）

【主角点点头走回原先的位置，作家乙走上前来】

作家乙　（看向众人）你们都清楚了吗？（众人点头）那好，我们开始吧。（看向戴高帽子的）你说，把他们三个给我押过来！（戴高帽子的　把他们三个……）背过身来！背过身来！嗯，好，继续！

戴高帽子的　（背对众人，背手直立）……把他们三个给我押过来！

【戴帽子的把主角、秃头和瘸子一齐押了过来】

作家乙　很好，很好！（走向一个戴帽子的）你注意一下你的表情。（转身看向另一个戴帽子的）你！你的手！动作大一点，别这么僵硬！对！对！就这样！

【作家甲走过来看着】

穿皮大衣的　头儿，（指着瘸子）您看您能否给通融一下？

作家乙　停！你得看着他说！（指着戴高帽子的）

穿皮大衣的　我觉得……

作家甲　你听着就是了。

穿皮大衣的　那好。（吸口气，看着戴高帽子的）头儿，（指瘸子）您看能否通融下？

戴高帽子的　没门！我才不管他救了你家儿子的事儿，这犯了王法就是犯了王法，哪怕是神仙佬求情也没啥用！（站到瘸子身后）老瘸子，你说呢？

作家甲　他这一段还是用的我的词儿，你们要是觉得……

戴高帽子的　没事儿，不要紧！

瘸子　这不重要，重要的是我们得快点了——时间不多了，各位。

作家乙　那好，我们继续。（看瘸子）说吧。

瘸子　谅你没胆儿杀老子！（看着戴高帽子的）

作家甲　我还是想说，你们要是……

作家乙　你别再插嘴了行吧！我们真的没问题！

【作家甲向后退一步】

作家甲　那我可就不管了！

作家乙　行行行！你走吧！你哪回不是让我给你收拾烂摊子？真是的……（回过头看向众人）别管他我们继续。哦！等等，下一句得改一下。

戴高帽子的　是啊。这句"那就对不住了"实在是太没劲儿了。

作家乙　那改成什么好呢？你们有什么想法吗？

穿大衣的　（异口同声地）我们没有！

秃头　去去去！别在这儿添乱！（看向主角）你是怎么想的？

主角　你问我？（笑笑）我也没啥主意。

穿皮大衣的　那依我说，改成"游戏结束"怎么样？

戴帽子的　这也太荒谬了吧！

作家乙　是有点儿啊。但是，倒确实可以往这个方向考虑一下。因为……

作家甲　因为我早就说过，这是个荒诞的闹剧！

众人　您老歇着吧！

主角　等等，我有主意了。（在戴高帽子的耳边耳语）你觉得怎么样？

戴高帽子的　好！好！就按这个来！（看向众人）我们继续吧。

作家乙　他给你说了什么？

戴高帽子的　你听着就行了！哎哎哎，你们都站回去！

【众人站定】

戴高帽子的　（站到瘸子背后）是，我没胆，但它有。（从怀中掏枪毙了瘸子）

作家甲　算你厉害。（摇着头自言自语）我是写不出这词儿……

戴高帽子的　（踱着步）那你说我有没有胆？

秃头　（扭头看到戴高帽子的走到自己身后）有啊！有啊！您当然有……

戴高帽子的　（开枪）恭喜你猜对了。

作家乙　漂亮！（看向主角）你这词儿漂亮！我们继续！

戴高帽子的　（走到主角身后）还是那个问题。你说呢？

【主角尚未搭话。这时出现喧哗声】

戴帽子的　不好！他们来了！

穿皮大衣的　怎么这么快？

戴高帽子的　来不及了。（看向两位作家）我们先走了！

作家甲　你们先……

【从台下冲上来一名护士】

护士　你们都是哪来的？

主角　你们是不是认错人了……

医生　（背着手上）拿住他们。

【场上顿时一片大乱】

戴高帽子的　（将枪对准医生）你可别逼我！

医生　（冷笑）无聊至极。（转身向作家甲走去）

作家甲　你，你干什么？（向旁边退）你别过来！

医生　跟你们打交道还真是让人头疼。

作家乙　我不明白你在说什么！（回头看到众人被逼住）我是说，你们……

医生　不要紧，你可能会有些困惑，甚至会呈现出暴力倾向，这些都在正常范畴之内。（从兜里掏出支注射器）打上一针就好了。

作家甲　你无权这么做！

医生　我无权？（笑，随即面向台下）我是精神病院的主治医生，这两个人，不应该出现在这儿的。（晃晃注射器）你们需要得到治疗。

作家乙　（跟着后退）这都 ×× 是谁写的台词啊？

医生　两位大作家，我不是在逼你们，但你们最好配合一下我们的工作。

【护士走过来】

作家甲　我们怎么了？你倒是说清楚啊！

护士　你们的存在是个错误，而我们要做的就是纠正这种错误。（也掏出注射器）

作家乙　这都是些什么啊？

【两位作家与护士和医生扭打在一起，但不久后都被打了针】

医生　好好睡一觉哦。

【两位作家倒在地上，场上除了医生和护士，其他人也都倒在地上】

护士　（看向瘸子和秃头）他们怎么处理？

医生　都死透了，没救了。（抬头）我们收拾一下吧。

【医生和护士把其他人拖下场】

护士　那个疯子什么时候来？

医生　不急。我们就让他再多玩儿一会儿。

【医生和护士搬上两把椅子和一个空的大镜框并将两人扶到凳子上相向坐着】

医生　醒醒吧，别装了。

作家甲　（猛地醒过来）你怎么知道我们是在装?

作家乙　是啊是啊，你们怎么知道?

护士　我们又不是第一次见面了，自然知道。

医生　别扯这么多闲篇子了。告诉我们他在哪。

作家甲　谁?

护士　那个疯子。

作家乙　我们才不认识什么疯子!

医生　我挑明了吧。（略作停顿）那群演戏的家伙都是你们俩想象出来的，对吧?

作家甲、作家乙　对呀，怎么了?

医生　你知道你们为什么能和他们直接对话吗?

作家甲　不知道。但这不是很正常的吗?

作家乙　我跟你们没什么好说的，你们都害得我还没把故事编完! 那些漏洞……

医生　够了! 我告诉你们，你们都是不存在的!

作家甲、作家乙　什么?

医生　你们都是不存在的! 你们都是那个疯子幻想中的产物!

作家甲、作家乙　不可能!

护士　怎么不可能? 我们为了治好他，现在就在那个疯子的意识中!

医生　现在你们该明白为什么你们的世界是这么的荒谬了吧?

作家甲、作家乙　我们不信!

护士　不信也没办法，但这可由不得你们。

医生　为了治好他，我必须消灭你们。一个一个地消灭你们，就像现在这样。

【医生和护士又分别掏出两支注射器】

作家甲　（看向作家乙）老兄，看来这回我们是死定了！

作家乙　我看也不见得！

医生　别逞能了！你们将隔着镜子看着彼此痛苦地死去！

作家甲　隔着镜子？（又看了看同伴）快！把手伸过来！

作家乙　（略一迟疑）希望你是对的！（隔着空镜框将手伸了过去）

【两人的手握在一起，霎时间灯光全灭】

医生　怎么回事儿？

护士　不知道啊！

【猛然灯光又大亮。当两人适应了眼前的光线后，看到一个人站在身旁】

医生　（盯着穿着病号服的男人）是你！

疯子　请别叫我疯子，我没疯。

护士　你别想走！

【护士高举着注射器向疯子扎过去】

疯子　我说过了，我不是疯子。

【护士的注射器顶在疯子肩头却扎不进去】

医生　这不可能！（也举起注射器扎过去）

疯子　我说过了不可能。（平静地看着二人）

护士　（松手向后退几步）你……你……

疯子　这是我的世界。

医生　你是想说……

【疯子的手一挥两人便躺倒在地上】

疯子　我早就说过了。（看向台侧）你们两个上来吧。

【作家甲和作家乙从台侧上并拖走了两人】

作家甲、作家乙　（走到中央突然停住并异口同声地喊出来）我们是谁？我们是作家！我们作家要干什么？我们作家要追求创作！（下）

疯子　（看着两人的下场方向）这可真是个彻头彻尾的闹剧。（走到舞

台中央）我想我也该歇歇了。（大幕开始下落）

作家甲　（走上台站在疯子身旁）人人皆主演！

作家乙　（走上台站在疯子身旁的另一侧）人人皆观众！

疯子　这是个彻头彻尾的闹剧！

【三人面向观众站着，直到大幕接近头顶的位置时，突然一齐伸出手指向台下】

疯子、作家甲、作家乙　你们呢?

【灯光骤熄。大幕完全落下遮住三人】

——全剧终

写于 2018 年 10 月 4 日

山东师范大学的演出走秀

后记 （一）

究竟开始于哪一天？

我真的不知道。

我只能说，这本书的轮廓在我的心中早已显现。

听家里人说，我满周岁"抓周"的时候，一把就抓起了钢笔，又抓起一本书，死死地就是不放手。从现代科学的角度上讲，"抓周"当然是唯心的理论。

但冥冥之中也许自有天意。现在来看，这话在我的身上终归是应验了。

我记事较晚，对 10 岁之前的事情很模糊，基本是些零散的片段。所以，10 岁之前的事只能依靠老爸在新浪微博上开通的记事本来说明一下：3 岁开始识字，4 岁识字过千，5 岁通读完小学三年级之前的语文课本，6 岁起直到 17 岁（我已记得），平均每周有 4 本文学类书籍的阅读量……这些文字至今依旧鲜活在网页上，鲜活在家人的记忆中，也通过博客的点滴记录而鲜活在我的心里。

至今，我还依稀记得一则狮子与老鼠的寓言。老爸说，看那本寓言故事集时，我应该不满 4 岁。所以，有时我想，也许是接触的书本信息太多，我那小小脑细胞无法存储更多的东西，只好有选择性遗忘了吧。

除此之外，还有些特别的纪念是让我难忘的：《远方》，第一首诗；《狂野生灵》，第一部中篇小说，写于 2011 年。《低碳生活》，第一个话剧剧本，写于 2011 年……所有的梦想，都始于那个 2011 年。

很快，就有了果实的出现：2013 年，第一篇散文刊发于文学期刊《历山》、《都市女报》副刊版……

我爸擅长在生活中寻找、挖掘闪光点，加以放大，这可能同他二十三年媒体记者的生涯有关。

我想，我的那些灵感最早得到发扬也是源自于他的发现，而且越来越独特和宏大。就小说而言，《狂野生灵》是讲狼王的故事，关于动物间的爱恨情仇；《承诺》讲的是科幻故事，关于科幻宇宙的创世纪的风花雪月。

不过，正如那句"梦想很丰满，现实很骨感"的调侃一样，我的写作之路也是崎岖不平的。老爸曾经许诺为我出书，只要那本《狂野生灵》达到十二万字的厚度。但写到一半时，我选择了放弃，美其名曰"不想再写给小孩子看的书"，其实就是为了新的灵感而抛弃了原先的努力。可想而知的是，因为这个理由而诞生的《承诺》，也必定不能善始善终。那本书也被我抛到脑后，那个宏大的科幻宇宙也胎死腹中……我的构思始终高高在上，却总是忽视脚踏实地。

其实，我并没有放弃。无论是记录下生活中一点一滴的灵感，还是坚持写诗，我一直在努力着，在前进着，在不断调整着自己的步伐。我始终认为，写作是人生中绝不能缺少的一件事情。实际上，这种等待和缓冲也让我慢慢摆脱了过去的幼稚，对于现在的我来说，也未尝不是一种收获。尤其是在接触了专业的编剧、文学、传媒导师的指导后，这一种感觉更是强烈无比。主导了校园艺术节的话剧编导工作，改编剧本，跟组拍摄，驾驭 Red，走进济南电视台的专题演播间，走进山东师范大学音乐厅排演舞台剧……我的写作之路又打开了一扇新门。

此刻，这本书已经正式收尾。我必须要说：这是一个结束，也是一个起点，一切都只是刚刚开始。老爸告诉我，17 岁本来就是个蕴含着无限能量的年纪，处于少年与青年之间，能带给我无限憧憬和期待。但是如果没有努力，怎样的可能都会是一种不可能。

现在的我站在窗边，望向窗外。

望着我自己的风景，望着面前的春华秋实。

不知道明年的此时，我站在窗边，望向窗外。

那时我自己的风景，将会是何等的模样？

我憧憬着！

说了这么多关于自己的事情，那么就来聊一聊这本书本身吧。

这本书所选取的是我从 9 岁开始写成的一些作品，其中多数写于这两年，先前很多被老爸直呼"将来给你编进书里"的东西并没有留下备份，想来着实有些可惜。也正是这个原因，导致这本书的筹备变得比较艰辛。我只能尽可能收集到满意的作品，利用学习的空闲进行一些填补。诗歌都是些个人的感言，如果引起了什么争议的话还请谅解。散文与诗歌相差无几，大多是源自我个人的生活经历和所想所感。

至于剧本是我最喜欢的。事实上，我接触剧本这个体裁只有一年多的时间，每写作一篇都是对自我的丰富和完善：从《暴雨将至》到《绝唱》，从《李广之死》到《和谐之家》，再到《一个和一群》，无不如此。

在后记的结尾处，我想感谢以下的人们：

感谢我的父亲，他的支持和理解是这一切作品的起源。

感谢我的其他家人，永远在背后为我喝彩，目睹我一路前行。

感谢刘立森大哥和他的伙计们，为我打开了一扇全新的大门。

感谢所有老师，尤其是高中的张海龙、初中的周艳、小学的王雯……没有你们的培养，不会有现在的我。

感谢所有的朋友和同学，有你们在我的心中，我就永远不会独行。

感谢所有的读者，你们的肯定是我永恒的动力。

最后，谢谢你！C，感谢你曾经路过我小小的世界。

就此住笔。

赵君扬

2018 年 10 月 8 日于山东济南黑虎泉畔

后记（二）

作为赵君扬的父亲，这个后记本不在计划中。

交稿给设计人员前，山东影视集团的一位领导，也是过去的同事看过书稿后，对我说，你应该给孩子写个后记。过后一想，确实很有必要。常言道"知子莫若父"，还是写点儿啥更好一些。

那就，从头说起吧。

10年前。7岁的赵君扬刚上小学，因为在同龄人中阅读量很大，识字多，有同学的家长问我是怎么对孩子进行识字启蒙的。其实很简单！三四岁孩子一般都喜欢听大人讲故事，我的做法是买来童书，逐行念故事，而不是讲故事。

在念故事的同时，我会用手逐字指着。通常一个故事念三四遍，孩子基本就能把书上的字全部认全。随着年龄的增长，可以选择插图少、字词量多的。这么小的年龄，能否全部记住呢？以我的经验，三四岁孩子的记忆力远超我们的想象，只要有了初步的积累，一本新书只要一遍他们就能记住全部的新字词。

识字是孩子认识世界的第一步，阅读则是自我认识的第一步。赵君扬6岁前极调皮，身体强壮，很少生病，比同龄孩子身材高，这注定他是坐不住的，即使在家里也是在桌子、椅子、沙发上蹿上跳下，让我以为他有多动症。当年，如何让他坐下来都成了难题，为此我给他专设了一个奖项：只要安静坐1分钟，奖励1个贴纸苹果，集齐3个苹果，可得到1根香蕉，集齐3根

香蕉可奖励 1 本书看……就这样，突然有一天，我发现，看书的他是最安静的，而且边看边读，有时沉浸在书中能大声笑起来。6 岁时，他的平均阅读量每周已达 4 本书，一直持续到现在。通过阅读，他的性情发生了大变化，沉静、深沉并具有情感爆发力。阅读理解是所有学科的基本功，表现在日常学习中，他的文字理解力和创作力就比较强。

识字早、阅读量大的孩子通常内敛，性情温和，观察事物敏锐。有时会"讷于言"，显得眼界较高，难与同龄人共鸣。这是因为巨量阅读使他心智发育水平远超同龄人，所以当同龄人还在就小孩子的话题争得面红耳赤时，他不感兴趣甚至是不屑的，同时还会继续通过巨量阅读填充、丰富自己内心。因此，我相信一句话：内心丰富的人是不会流溢于外表的，优秀的人也总是不太合群。

10 岁的赵君扬有一天说，我要写一本小说，是关于动物的……我问他，写多少字？他说，一本书的厚度。我说，好，什么时候开始？他说，明天。原以为是他心血来潮说着玩的。没想到当天就准备了一摞作文本，给每本都编上号，第二天就开始了"写作生涯"。原以为他坚持不下去，就数次鼓励他，结果这一写就是 2 年，粗略估算是 5 万字。

我也第一次开始正视他的作品："写到 12 万字，就给你出书。"

现在想想，对于孩子有时不能太功利。孩子做事，初心常只是喜欢，目的很纯净，成人常把这种初心化成社会化的目标，于是矛盾就产生了。有了这个 12 万字的要求，他的写作进度却放慢了，积极性逐日下降。终于有一天，他说："我不写了。"谈起原因，他来了一句"不想再写给孩子看的书，要写你们大人看的书……"我不知道当时这是不是他真实的想法。我对于这件事还是很自责的，给予孩子一个目标并非坏事，但让他意识到写作并不是一件单纯、快乐的事情，而是有压力的一个任务时，这也许违背了他写作的初衷吧。

此后，我有意识让他只是纯粹的阅读、写作，漫无目的去沉浸和体味文字所带来的愉悦。12 岁，他的第一篇作品在文学专业期刊上发表，之后又有三篇作品见诸报刊。更难得的是，面对作品得以发表，他很淡然甚至带有一丝冷漠，没有宝贝似的把样书、样报收藏起来，而是随意放到书柜里，现在也有很多同学不知道他发表过作品，用他的话说"这没有什么值得炫耀的"。

2年前，15岁的赵君扬对我说，我想学编导，将来写剧本、编电影。按我原来的想法，本希望他能发挥英语特长，将来学个外语专业。因此，对他的这个想法没有明确表态支持。直到有一天，他把想法告诉了班主任，并且交上一篇剧本。他的班主任张海龙在一天下午的6点给我打来电话，"我看过他写的剧本了，想问一下不是你给他写的吧？你给他修改过吗？"得到我明确回答"一点儿没有"后，张海龙说："他学习成绩这学期全班第一名，级部前十名，保持下去能考个理想的大学。但他说要艺考，多少出乎我的意料。不过，我看了他写的东西，感觉还是尊重他的选择吧，也许将来他能在这方面做出比较大的成绩来……"

放下张海龙的电话，当晚我就与赵君扬进行了交流，此后多次沟通，感受到他从事这一专业的决心。"好！那我就全力支持你。"然后，他就开始了专业课学习，开始了一篇篇剧本的写作。也许，当其他孩子更多考虑想走一条高考捷径时，他已下定决心：将来一定要从事这个专业！

这几年，我特别认可一句话：世界上所有的爱都是为了在一起，只有父母对孩子的爱是为了分离。我想说的是：在分离之前，每个父母都要给孩子准备好一件礼物，那就是阅读。阅读可以让孩子迅速成长，内心丰富和强大，让他可以从容离开父母视线，独立开启人生的画卷。如果说赵君扬的自我管理、自我判断、自我选择能力相较于同龄人更强的话，那么应该归结于此。从他学会走路开始，跌倒后都不去扶他，让他自己起来，开始他东张西望找父母，想哭，后来就习惯了；小学时，我从不关心他的考试分数，我说的最多的一句话是"只要比上次多考一分就行"；中考时他独自挑选学校并填报了推荐生报名表；可以肯定的是，未来的高考他也会自己做主。孩子的未来是自己的，而不是父母的。放手，是孩子成长中最迫切的。

现在，关于《窗》这本书总还要说点儿什么。从这本书的诗歌部分，可以看出现代诗、朦胧诗的一些表现手法，这与我送他的生日礼物有关——《中国现代诗100首精选》《中国朦胧诗集》。在此特意说明的是，他写的大量

古诗没有收录，因为风格多数极度张扬，还是希望他能如名字中的"君"字一样，更谦和一些，更稳重一些，更沉淀一下。何况，还存在着部分韵角平仄问题。还有数篇他比较满意，但最终被我和几位专业编辑、大学教授商量后拿掉的剧本，这几个剧本的叙事和语言风格，远超他这个年龄应该有的深度和力度，以少年的身份写成年人的世界比较容易引发争议。而且，这本书毕竟不想主打"实验""前卫"的标签，为了更正常一些，更符合主流一些，所以只能牺牲一些个性。

从纯读者的角度，我很欣赏他写于 2011 年的那组诗，"尘埃里开出的花，是对死亡最有力的嘲笑""我依稀看见，一个个细小的微尘，正悬在空中""我眯着眼，嘴角不由得勾勒出一个弧度，因为我感受到，我追随光的步伐"……这样的句子有细致入微的观察，有透入心肺的领悟，很难想象是出自 10 岁的孩子之手。小说中，我比较欣赏的是《小朱长官》，娓娓道来，平静从容中透出具有爆发力的气质，其结尾突然就打动了我，泪水竟瞬间流下来。最真挚的感情，往往是最平淡的，也最适宜白描，事实证明越是简单的语言越容易感动人心。

最后，说说剧本。虽然我做了大半生的文字工作，对于剧本却没有太多研究，不太具有发言权。为此，特意找到几位山东影视集团的专业编剧给把了把关，其中一位编剧的话让我放心了：在没有经过太多专业的学习下，能写出这样的作品，很多本专业的大四毕业生也未必能做得更好。

嗯！只要不是过誉就好。

10 年前的那个孩子已长大，个子超过了我。如今，看着他背起书包踏出家门，心里会涌起一种感动：感谢时光，让他健康成长。不知不觉中，那个出门牵着我的手，一路编故事讲给我听的孩子，已拥有了自己的世界。那些年手心相握的温度似乎还在，但他的那双大手我已握不过来。

我的父亲曾是位"工人秀才"，文化素养较高，书画水平在生命走向终点的那几年达到了一定的高度。他常说，人生就像割韭菜，一茬跟着一茬，一代跟着一代……在血脉不断中，希望和信心将一直都在。所以我想说的是：孩子，去吧，勇敢去追寻你的未来。

要感谢的不仅有往日的美好时光，还有他成长路上的各位师长，比如济南十亩园小学的王雯；济南五中的周艳；济南中学的张海龙……有时候我想，作为十分优秀的人民教师，他们比我与孩子相处的时间更长，他们身上的光芒已足够照亮孩子前行的路。无论孩子未来能走多远，我都怀着万分崇敬的心情感谢他们。

　　面对这样一本书的问世，曾有人问我：会不会使孩子太过骄傲，因为已有媒体记者在称呼孩子是"少年作家"了。对此我也比较担心，就这个问题与孩子讨论：你满意自己的这些作品吗？他的回答非常肯定：不满意！不满意！也许明年、下个月或者明天，我就能写出更好的作品来。

　　如是说，我放心了！

　　只有对自己永不满意，才会收获一份圆满。我想说：孩子，对于未来岁月中的许许多多都无须刻意把握，越想抓牢和得到，有时候反而越容易失去。面对成绩和荣誉要学会放下，舍弃是常态，收获反而是特例，要习惯在舍弃中更新自我。

185

　　当然，每一次舍弃都要有不同的收获，就如同你走过的路，在大步向前时也需要驻足回眸，只要初心依旧，就能收获一生的成功和幸福。

　　而幸福的事情是——你收获的那些风景，终究会在心底绚烂无比。

赵双勇